比翼のたくらみ

愁堂れな

幻冬舎ルチル文庫

CONTENTS ✦目次✦

比翼のたくらみ

✦カバーデザイン＝chiaki-k（コガモデザイン）
✦ブックデザイン＝まるか工房

イラスト・角田 緑✦

比翼のたくらみ

1

高沢裕之《たかざわひろゆき》は今、都心の一等地にある、セレブリティ御用達の病院の特別個室にいた。病室というよりは高級ホテルのスイートルームを彷彿《ほうふつ》とさせる部屋に彼を入院させたのは、関東一の規模を誇る暴力団『菱沼組《ひしぬま》』五代目組長、櫻内玲二《さくらうちれいじ》で、高沢は櫻内の唯一無二の愛人――最近では『姐《あね》さん』と呼ばれることが多くなった――である。

かつて高沢は刑事で、オリンピック選手候補になるほどの射撃の名手であったのだが、良好な人間関係を構築するのが苦手な上に、親友と信じていた男に罠《わな》に嵌《は》められ、警察を辞めざるを得なくなった。もとより高沢の射撃の腕に目をつけていた櫻内は、退職後の彼をボディガードとしてスカウトしたのだったが、実は櫻内が惚《ほ》れ込んでいたのは射撃の腕だけでなく、高沢自身にいわゆる『一目惚れ』をしていたため、すぐに愛人も兼ねるようになったのだった。

高沢がこの世で唯一興味を抱《いだ》いているのが射撃であるので、櫻内の自分に対する気持ちに気づくこともなかったのだが、最近、彼の上にも変化が表われ、自ら『姐さん』という立場から櫻内を支えたいという決意を抱くようになっていた。その決意は当然、櫻内に対する気持ちあってこそなのだが、他人ばかりか己の情にも疎《うと》い高沢がその気持ちを『愛』と自覚するところまでには残念ながら至っていない。

菱沼組は櫻内に代替わりをしてから着々と勢力を伸ばしているのだが、一方でおそらく中華マフィアと思われる団体からさまざまな手を用いての攻撃を受けてもいた。最近判明したその『手』の一つが、長年櫻内の運転手を務めていた神部《かんべ》である。

神部が櫻内を――菱沼組を裏切っている可能性があると気づいたと同時に高沢は、運転手の彼であればいつでも櫻内の命を奪うことができるということにも気づき、いても立ってもいられなくなった。

それで自ら囮《おとり》となって神部の運転する車に乗り込み、彼の背後にいるのがどういった団体なのかを探るべく罠を張ったのだが、それを神部に見抜かれてしまった。高沢の誘拐を強行しようとした彼は路上を暴走、追ってきたパトカーを避けようとしてハンドルを切り損ねたため車は大破し、大怪我《おおけが》をした神部は今、警察に捕らえられている。

事故の際、高沢は車中で意識を失ったのだが、同じボディガード仲間の峰《みね》の機転により警察の手に落ちることは免れた。

大事故ではあったが、幸いなことに高沢にたいした怪我はなかった。最初に運び込まれた病院の精密検査の結果、移動に耐えられるとわかると高沢はすぐさまこの都心の病院に移されたのだった。

事故当時、櫻内は東京を離れていた。櫻内は常に警察に動向をチェックされているため、高沢のもといた病院に彼が訪れると、事故現場に高沢がいたことが警察に知られる危険がある。それで入院患者のプライバシー秘匿が堅固であるという理由で大物政治家や大企業の経営者が身を隠すために『利用』することの多いこの病院に即刻高沢を移した上で、最上階の特別室で出迎えたのだった。

「申し訳ありませんでした」

顔を合わせてすぐに高沢は櫻内に対し、作戦の失敗を詫《わ》びるべく深く頭を下げた。任せてほしいと自ら手を挙げていただけに、よくて冷笑、当然叱責《しっせき》を受けると覚悟していたのだが、櫻内のリアクションは高沢の予想を裏切るものだった。肩を摑《つか》み顔を上げさせたと思うとその場できつく抱き締めてきたのである。

「……っ」

自分の身に何が起こっているのか、一瞬理解が追いつかず、高沢は呆然《ぼうぜん》となった。が、耳元に響いてきた櫻内の言葉を聞いた瞬間、胸に熱いものが込み上げてきた。

「……事故の連絡を受け、どれだけ心配したと思っている」

怒りよりも安堵《あんど》を感じさせる口調に、微《かす》かに掠《かす》れたその声音に、本当に案じてくれていたのだなと実感する。言葉をかけるより前にいきなり抱き締めてくるといった余裕の欠片《かけら》もない行動からも、彼がいかに心配してくれていたのかがわかると同時に、高沢の胸にはそれま

で抱いていたのとは別の種の罪悪感が膨らみ、唇からは自然と謝罪の言葉が漏れていた。

「……悪かった……本当に」

神部が裏切っていたという事実は確認できたものの、誰に命じられてのことなのかを突き止めるチャンスを逸してしまった。彼を抱き込んだのは、海外マフィアか、それとも国内の団体か。一体何者が関東の覇者、菱沼組のトップを狙《ねら》っているのか。

神部の身柄は今、警察にある。組長の運転手をしていた彼が握る情報は、櫻内を逮捕させるに充分ではないかということも懸念材料だった。たとえば武器庫を押さえられれば、銃刀法違反で組長が逮捕されるだけでなく武器を失い菱沼組は丸裸になる。そこを狙われればひとたまりもないだろう。

組の潰滅《かいめつ》を狙っているとしたら、警察を介入させるといった手を使ってくる可能性は高い。自分の失敗が櫻内を、そして組を窮地に追い込むことになってしまった、と唇を嚙《か》んでいた高沢は、身体《からだ》を少し離した櫻内に頰《ほお》を包まれ、はっと我に返った。

「だいたい考えていることはわかるが、案じる必要はないからな」

「え？」

目の前にいる櫻内は、いつもの余裕を取り戻しているように見えた。黒曜石のごとき美しい瞳《ひとみ》の煌《きら》めきが、微笑《ほほえ》みと共にすうっと目の奥に吸い込まれていく。どれだけ見ても見慣れることのない圧倒的な美貌《びぼう》に高沢は今もつい、見惚《みと》れてしまった。そんな彼の前で櫻内が、くす、と笑ったかと思うと頬を包んだまま額《ひたい》を合わせ、囁《ささや》いてくる。

「神部の持っている情報ごときで俺が逮捕されることはない」

「！」

まさに心を読んだとしか思えないことを言われ、高沢は息を呑《の》んだ直後に、さすがだ、とその息を吐き出した。『だいたい考えていることはわかる』という言葉どおり、否《いな》、『だいたい』どころか『すべて』読まれていたとは、と、思わずまじまじと櫻内を見やる。

「それに神部の意識はまだ戻っていないそうだ」

近すぎて焦点が合わない櫻内の瞳に見据《みす》えられ、またも見惚れそうになっていた高沢だったが、その情報を与えたであろう人物の顔が浮かび、すぐに自分を取り戻した。

「峰に聞いたのか？」

尋ねる声が我ながら硬い。それは高沢の中に峰に対する疑念が生じているからだった。

「ああ」

櫻内が微笑み、頷《うなず》く。

「峰からも謝罪があったぞ。作戦の失敗の責任はすべて自分にあると主張してきた。お前に怪我を負わせたからには指でも首でも落としますと殊勝な顔で詫びていた。本気で落とす気などないくせに」

くす、と笑った櫻内の、今の言葉にドキリとする。

もしや櫻内も峰に対し、何か疑念があるのだろうか。それは自分と同じものなのか。

高沢の抱く疑念とは、峰は『エス』――警察のスパイなのではないか、というものだった。今までそんな疑いを彼に対して抱いたことはない。逆にいつだったか、峰から『エスじゃないよな？』と確認を取られたことがあったが、そのときにも高沢は峰こそがエスなのではとは欠片ほども考えはしなかった。

今になってそんな疑いを抱くに至ったのは、今回の作戦の失敗が確定したあとのパトカーの出現があまりに早かったことと、にもかかわらず、自分が警察の手に落ちずにすんだことだった。

峰は車をもう一台敢《あ》えて大破させ、警察の注意をそちらに向けたと言っていたが、完全に意識を失った状態の自分を車中から救い出し、運ぶということが可能だったとは到底思えない。

もしや警察は見て見ぬふりをしてくれたのではと気づいたときに、峰こそが『エス』なのではないかと閃《ひらめ》いたのだった。

峰が『エス』――一度芽生えた疑いは、更なる疑念を呼び起こし、あのときも、そしてあのときも、と峰のあらゆる行動が怪しく思えてくる。

そもそも、いくら人好きのする性格だったとしても、彼は警察の情報に詳しすぎた。長年に亘《わた》り射撃の教官をしていた三室《みむろ》であれば、警察との間に太いパイプがあったとしてもなんら違和感を覚えない。が、峰の若さでそのようなパイプを構築できたとは考えがたい。よほどの情報通の友人がいるというのならまだわかるが、そうした人物の話題が一度も出たことはない。

とはいえ、『エス』と断定するには、どの疑念も確定的とはいえなかった。その上彼は、『エス』であった藤田《ふじた》の正体を暴くのに一役買っている。

エスがエスを売るだろうか。自分が疑われていたとしたら売ることもあったかもしれないが、少なくともあの時点では、誰一人としてそのような疑いの目を峰に向けてはいなかった。

考えすぎだろうか。今回警察の手に落ちずにすんだのは幸運だった、もしくは峰がよほどうまく立ち回ったかのおかげで、感謝しこそすれ疑いを抱くのが間違いだと、そういうことなのだろうか。

「どうした、ぼんやりして」

いつしか一人の世界にとらわれていた高沢は、再び額を合わせてきた櫻内の囁きに、はっと我に返った。

「あ……悪い」

峰への疑念をぶつけてみようかと高沢は一瞬迷った。が、相手が櫻内だけに躊躇《ためら》ってしまった。

峰が本当にエスであるのなら、一刻も早く正体を暴くべきであるが、エスではなかったときのことを考えると、組が峰を失うリスクを考えてしまったのだった。

櫻内と疑念を共有すれば、エスか否か徹底的な調査が行われるだろう。エスであるという証明も容易《たやす》くはないだろうが、それ以上に難しいのは『違う』ことの証明である。よってそのような手間をかけるよりは切り捨てられるのではないか。組を辞めさせられるだけならまだしも、文字どおり『斬《き》り捨て』られる——命を奪われることにもなりかねない。

もしもエスであるのなら、確実に峰は殺されるであろうから、その可能性は高いといえる。果たして自分の疑念はそこまでのものだろうかというのが、高沢の躊躇《ちゅうちょ》の理由だった。

峰は以前、武器庫を任されていたが、今の彼の役目は高沢の世話である。ひとまずは一番近くにいる自分が彼がエスであるかを見極める。直接本人に疑いをぶつけて反応を見るのもいいだろう。櫻内に告げるのはそれからだと高沢は密《ひそ》かに心に決め、彼を見上げた。

「参ったな」

櫻内が苦笑めいた笑みを浮かべ、こつんと額をまたぶつける。

「え？」

何が、と戸惑う高沢の頰を包む櫻内の手に少し力が籠《こ》もったかと思うと、唇が唇に近づいてくる。

「精密検査の結果が出るまではと思っていたが、俺の忍耐を試そうとでもしているのか？」

「……っ」

櫻内の囁きと共に、あまりに近く寄せられた唇からの吐息を感じ、高沢の背筋にぞわりとした感覚が走る。

「キスくらいは許されるよな？」

問われている内容が頭に入ってこない。『キス』という単語のみ、ダイレクトに高沢の頭に響いてきて、胸がざわめく思いがする。羞恥《しゅうち》とそして——期待、と気づいたのは、

「やめておくか」

と櫻内が苦笑し、身体を離そうとしたときだった。自然と高沢の腕は櫻内の背に回り、彼の動きを阻《はば》む。

櫻内は珍しく、少し目を見開き驚いた様子となった。が、すぐにニッと笑うと、

「なんだ、お前もしたいのか」

と再び高沢の頬を両手で包み、唇を寄せてくる。

「……どうだろう……」

高沢自身が己の心情と行動に驚いていた。キスをしたいのか？　自分は。いや、そんなはずは、と動揺しつつも、『したくない』という気持ちは胸の中のどこを捜してみても見当たらない。

それで肯定というよりは困惑といった答えになってしまったのだが、高沢の言葉を聞いた途端、櫻内はまたも珍しいことにぷっと噴き出したあと、更に近く唇を寄せ囁いてきた。

「お前らしいよ」

告げたあとに、ぺろ、と櫻内が高沢の唇を舐《な》める。

「……っ」

「したいか?」

びく、と身体が震えてしまったのは、くすぐったかっただけではないと見抜かれているのがわかるだけに、羞恥を覚え俯《うつむ》こうとするも、櫻内に阻まれ、またも唇をぺろりと舐められる。

「したいよな?」

再度尋ねてきた櫻内の声は完全に笑っていた。答えなど聞かずともわかっているだろうに、高沢に『したい』と言わせようとしている。悪趣味だと高沢はつい、恨みがましい目を向けてしまった。

「はは。拗《す》ねてみせるなど、これ以上俺を煽《あお》る気か?」

しかし櫻内はますます楽しげになり、高沢には意味のわからないことを言い出したかと思うと、またもペロリと高沢の唇を舐める。

「キスだけですませる自信がどんどん薄れていくじゃないか」

「なにを……」

言っているんだ、と意味を問おうとした高沢の唇を櫻内が塞《ふさ》ぐ。

「…………」

櫻内のキスは、常に餓《かつ》えているかのように、貪《むさぼ》り尽くすかのごとく獰猛《どうもう》なものなのだが、今日はなんだか違和感がある、と高沢はつい、見開いたままの目で櫻内を見上げてしまった。なんとも──優しい。慈愛という単語がふと高沢の頭に浮かび、より違和感が増していく。

「ん？」

視線に気づいた櫻内が微かに唇を離し、どうした？　というように微笑みかけてくる。上《う》手《ま》く説明できないと思いつつ、高沢は櫻内を見上げ、己の心情を伝えようとした。

「いつもと違うような気がする」

「一応気を遣ってるからな」

櫻内が苦笑し、再び唇を寄せてくる。

気を遣っている──？　なぜ、と疑問を覚え、すぐに体調を気遣ってくれているのかと気づく。

「大丈夫だから」

精密検査はこれからだが、体感としては特に不調を覚えているところはない。そうした意味で高沢はこの言葉を告げたのだが、櫻内の受け止め方は彼の想像とは違うものだった。

衝撃を受けたかのようにぴたりと動きが止まった直後、はあ、と深く息を吐き出される。唇にそんな彼の深い溜《た》め息《いき》がかかり、なぜにそんな反応を、と戸惑っていた高沢に、櫻内がその理由を告げるべく口を開く。

「本当に無自覚なのか？　実はわかってやってるんじゃないだろうな？」

「何を？」

またも意味がわからないことを言われ、高沢は戸惑いの声を上げた。

「人の気も知らないで」

と、櫻内が苦笑したあと、唇を塞いでくる。

「……っ」

いつもと同じ、貪るようなキスに安堵を覚えたせいで、自然と高沢の頬に笑みが浮かぶ。そのまま目を閉じようとした高沢の視界に、櫻内が目を見開いたさまが過《よぎ》った直後、きつく背を抱き締められたせいで、驚きから再び目を開いてしまった。

「犯すぞ」

目が合った途端、櫻内が唇を離し苦笑まじりに囁いてくる。

「……え……？」

物騒な発言にぎょっとする。櫻内の機嫌を損ねるようなことをした覚えはないのだがと首を傾《かし》げかけるも、櫻内が笑っていることにすぐ気づき混乱する。と、櫻内は再び苦笑したあと、高沢を近くのベッドへと押し倒し、唇を塞いできた。

「ん……っ」

からめた舌をきつく吸い上げながら、服の上から身体を弄《いじ》ってくる。いつもなら裸に剝《む》かれているところなのにと不思議に思ったがすぐ、身体を労《いたわ》ってくれているのかと高沢は納得したものの、やはり違和感を覚え閉じていた目を開いた。

櫻内が気づいて目を細め、微笑んでくる。ドキ、と鼓動が高鳴り、頰に血が上ってきたが、そんな自身の身体の反応に更に高沢は戸惑いを覚えた。

シャツの上から乳首を弄られ、びく、と身体が震える。急速に欲情が込み上げてくることにも戸惑っていた高沢だが、何より彼を戸惑わせていたのは、抑えることができない『もどかしさ』だった。

櫻内の指先を直《じか》に感じたい。そんな願望が自分の胸に宿るとは。思考や心情では受け止めかねていた自身の欲望に身体は実に正直に反応し、自然と腰が捩《よじ》れる。と、唇を塞いだままま櫻内がふっと笑ってきたため、気づかれた、と高沢の頭には羞恥からカッと血が上った。反射的に顔を背けようとしたのを櫻内が頰に手を添えて制したあとに、その手で再び乳首を弄り、シャツの上から摘《つ》まみ上げる。

「あ……っ」

堪《こら》えきれない声が合わせた唇から漏れるも、やはり服越しではもどかしい。込み上げる欲情を持て余し、高沢が櫻内を見上げたそのとき、ドアをノックする音と共に、

「入ってよろしいでしょうか」

という聞き覚えのある声が響いてきたため、高沢ははっと我に返り、櫻内の胸を押しやった。

「なんだ、急ぎか」

櫻内が身体を起こし、ドアを振り返る。

「失礼します」

高沢の胸に緊張が走ったのは、声の主が誰であるかわかっていたためだった。身体を起こそうとするのを櫻内が手を引いて助けてくれる。礼を言おうとしたと同時にドアが開き、彼が——峰が入ってきた。

「なんだ」

櫻内が淡々と問いかけたのに対し、峰は珍しく言い淀《よど》み、ちらと高沢へと視線を送ってきた。

「？」

自分に関することなのかと眉根《まゆね》を寄せた高沢からすぐに視線を逸《そ》らせ、峰が口を開く。

「訃報《ふほう》が届きました。その……三室さんが亡くなったそうです」

「……っ」

聞いた瞬間、高沢は息を呑んでいた。そんな彼を振り返ったあと、櫻内が視線を峰へと戻し問いを発する。

「岡村組《おかむら》から届いたのか？」

「はい。先日見舞った際に頼んでおいたので」

「葬儀は？」

「本人は執《と》り行わなくていいと言い残したそうですが、八木沼《やぎぬま》組長の厚意で密葬となったとのことです。今日が通夜、明日が告別式ですが内々で行うとのことでした。その……」

ここまですらすらと答えていた峰が、またも珍しく言い淀んだあと、軽く咳払《せきばら》いをし、再び口を開く。

「私と、それに高沢さんについては、希望があれば参列してくれて構わないとのことです」

「そうか」

櫻内は相変わらず淡々と答え、同じ口調で高沢に問うてくる。

「どうする？　行くか？」

「……行きたい」

考えるより前に高沢の口から言葉が零《こぼ》れる。三室の死は、最後に会ったときの本人の様子からも、そして峰から聞いた情報からも覚悟はしていた。が、実際その日が来たときには、自分が想像していた以上の衝撃に見舞われ、高沢は今、呆然としてしまっていた。

寂寥《せきりょう》感とも喪失感とも表現しきれない重い感情が胸を占め、自然と項垂《うなだ》れる。そんな彼を一瞥《いちべつ》したあと櫻内は峰に、やはり淡々とした口調で命じた。

「精密検査の結果を急がせろ。体調的に何も問題がないことがわかれば、明日の告別式に同行してやれ」

「わ……かりました」

峰は一瞬戸惑った顔になった。が、すぐにその表情を引っ込めると一礼し、部屋を出ていった。

「ありがとう」

櫻内が安易に許可を出したことに対する驚きもあって、高沢は茫然自失《ぼうぜんじしつ》状態から脱していた。それで礼を言うことができたのだが、それを聞いて櫻内はまた、苦笑めいた笑みを浮かべ肩を竦《すく》めてみせた。

「礼には及ばない。前に言っただろう? お前をとことん甘やかすことにしたと」

「………」

確かに『甘やかす』と宣言もされたし、実際、甘やかされているとしか思えない状況が最近立て続けに起こっている。関係の始まりは強引なものだったし、『寵愛《ちょうあい》を受けている』と他人に言われるようになってからも、櫻内の怒りを買ったときには——何が彼を怒らせたのか、大抵の場合高沢に自覚はなかったのだが——折檻《せっかん》としか思えないようなつらい行為を強《し》いられたこともよくあった。

それだけに、まず、櫻内が怒らないということに違和感を覚えてしまう。そんなことを言おうものなら、今度こそ怒りを買いそうだと、高沢は櫻内を見やった。

「ん？」

櫻内が笑いを堪えたような顔で問い返してくる。考えていることを見透かされているような気がしたが、高沢は、なんでもないと首を横に振った。

「同行してやりたいところだが、俺が行くと八木沼の兄貴に気を遣わせることになるからな。今回は峰に任せるよ」

言いながら櫻内が高沢の肩を抱き、再びベッドへと向かう。続きをするのだろうか。三室の死を知った今、そうした気持ちには正直なれない。しかし断るのも何か、と逡巡《しゅんじゅん》していた高沢の横で、櫻内はまたもその気持ちを読んだのか、くすりと笑うと、ぽん、と肩を叩《たた》いてきた。

「さすがに自重するさ。まずはゆっくり身体を休めることだ。いいな？」

微笑み、そう告げると櫻内はもう一度ぽんと高沢の肩を叩き、そのまま部屋を出ていった。

「あ……」

あまりにあっさりした去りように、高沢は思わず彼を呼び止めようとした。が、声が届かなかったのか、はたまた届いた上で聞き流されたのか、櫻内が振り返ることも、彼の足が止まることもなかった。

一人になると急に疲れを覚え、高沢はベッドに腰を下ろした。直後にドアがノックされたため、はっとして顔を上げ声をかける。

「どうぞ」

櫻内が戻ってきたとは思わなかった。彼ならノックなどしないだろう。では峰か。峰と向かい合ったとき、どういう顔をすればいいのか、まだ心構えができてない。緊張していた高沢の予想に反し、入ってきたのは年配の看護師だった。

体温と血圧を測る間、緊張している様子だったのは、こちらがヤクザだからだろう。申し訳ないなと思いはしたが、声をかければより緊張が増すであろうとわかっているため、高沢は無言を貫いた。

熱もなければ血圧も正常であることに安堵したのは、明日の三室の告別式への参列を切望していたからだった。生前の三室はおそらく、自分との面会を望むまいと思っていたため控えていたのだが、亡くなったあとに会いに行くことは、既《すで》にこの世にはいない彼も拒みはしない——と思いたかった。

最後に会ったのはいつだったか。そのときも酷《ひど》く痩《や》せていて、体調も悪そうだった。末期癌《がん》とわかったのはそのあとで、延命治療を拒絶していると八木沼に聞いたときにはショックも受けた。

いかにも三室らしい選択だとは思う。が、やはり生きていていてほしかった。高沢の唇からは深い溜め息が漏れていた。

三室との縁は長く、深い。他人に興味を覚えることがさほどない高沢の人生において、高沢のほうからも手を伸ばした相手の人数は片手で数えられるほどだが、その一人が三室だった。

警察官だった頃は勿論《もちろん》、櫻内のボディガードになったあとはことさら、折に触れ三室には助言を求めてきた。三室もまた、自分を案じてくれていたように思う。

峰がエスではないかという疑いに関する相談相手として、三室以上に適した人物はいない。だから亡くなったことを惜しむというわけではなく、高沢はただ——悲しかった。

人の死に対し、何も感じないということはない。とはいえ悲しみを覚えたことは、今まで数えるほどしかなかった。両親くらいではなかったか。先日の西村《にしむら》の死に関しては、感情は揺らいだが『悲しみ』ではなかったように思う。しかし三室の死に関しては純粋に悲しい、と高沢はまた深く溜め息を漏らした。

人の命は有限である。刑事だった過去でも、櫻内の傍《そば》にいる今も、死は常に身近にあったのだから、そんなことはわかりきっていたはずなのに、いざ、三室の死と直面してみて、自分がまったく覚悟できていなかったといやでも自覚させられる。

この世にもう三室は存在しない。二度と話すこともできなければ、顔を見ることもかなわない。やはり最後に見舞いに行けばよかったと今更の後悔をしている自分に気づき、高沢は一人首を横に振った。

三室が望んでいないとわかっているから行かなかったのではないか。それにいくら後悔しようとも時が戻ることはない。

普段の高沢であれば敢えて考えずともそうした思考になっていた。無駄なことはしない。『後悔』はしたところで取り返しがつくものではないとわかっているのでしない。すべきは『反省』だ。同じ過ちを繰り返さないためには反省は必要だからである。

そういえば金《ジン》はどうしているだろう。彼は三室を看取《みと》れたのだろうか。悲しみは自分以上に深いに違いない。そして金子《かねこ》は――。

高沢の脳裏に、三室を恋い慕っていたかつての金子の姿がふと浮かぶ。記憶喪失になってからは、三室に対する執着はまるで失《う》せているように見えた。しかし記憶喪失が演技である可能性もある意味高い。

金子は彼が当時勤務していた菱沼組の射撃練習場襲撃の手助けをした疑いがかかっていた。記憶喪失であることが認められたため、尋問を受けずにすんでいる。実際、演技か否かという判断は高沢にはつかなかった。しかし三室に対する彼の態度には、一抹《いちまつ》の違和感を覚えていた。

上手く説明できない。既に辞めて久しいが『刑事の勘』が働いているのかもしれない。弔問の際に様子を見ることにしようと一人頷いた高沢は、弔問は峰と行くことになるのだった、と櫻内の指示を思った。

峰は今、自分のボディガードであるし、三室との縁も深い。だからこその指示なのだろうが、櫻内は峰に対してまるで疑いを持っていないのだろうか。

『今回は峰に任せるよ』

もし疑っていたとしたら『任せる』などという言葉は出てこないだろう。思えば峰に対しては全幅の信頼を置いているという言動が多かったように思う。

櫻内の慧眼《けいがん》をもってすれば、エスならとうの昔に見抜かれているのではないか。それがないということは、自分の思い違いなのだろうか。しかしそれこそ『刑事の勘』が怪しいと告げているのだ、と自然と拳《こぶし》を握っていた高沢の中に決意が芽生える。

三室の弔問への道中で、彼がエスか否かを確かめる。本人を問い詰めたところで白状はしないだろうが、まずは疑念をぶつけてみて反応を見ることにしよう。

二人で話す機会はいくらでもあるはずだ。三室の霊前なら、彼も嘘《うそ》をつくのを躊躇うのではないか。

峰には今まで何度も助けられてきた。日々のフォローだけでなく、実際に命を助けられたこともある。そんな彼を疑うことになろうとは。またも込み上げる溜め息を高沢は気力で呑み下す。たとえ命の恩人であろうとも、櫻内に、彼の統《す》べる組に害をもたらす可能性があるのに見過ごすことなどできようはずもない。

必ず見極めてみせるという決意は、彼にとっての正義から生まれたものだった。刑事だった頃の『正義』は犯罪者から市民を守るといったものだが、今の彼の『正義』は櫻内を、彼の組を守るということにある。自身でも気づかぬうちに高沢は、櫻内の姐さんとしての決意を抱き、行動に移そうとしていた。

2

弔問に向かうまでの間、若《も》しくは帰路で峰を問い詰めるという高沢の目論見《もくろみ》は不測の事態により困難となった。神戸に向かうのは高沢と峰だけではなく、『チーム高沢』全員でとなったからである。

運転手の青木《あおき》はともかく、三田村《みたむら》と早乙女《さおとめ》が同行するとは、完全に予想外だったと高沢は頭を抱えたくなった。特に早乙女は三室に対していい感情を抱いていないため、絶対に同行はすまいと考えていたというのに、まさか来るとはと憂鬱《ゆううつ》になる。彼の三室に関する発言には、苛立《いらだ》ちを覚えるに違いないからだったのだが、どうやら早乙女は誰かに釘《くぎ》を刺されているようで、むすっとしたまま口を開くことなく助手席に乗り込んだのだった。

五人で向かうことになったため、車はいつものセダン型ではなくバンタイプとなった。なぜ五人、という高沢の疑問に答えを与えてくれたのは峰だった。

「護衛に三人つけろというのが、組長の命令なんだわ」

「……俺もボディガードなんだがな」

自分の身くらいは自分で守れると言いたかったが、神部からは実際、守れなかったために我ながら説得力がないと高沢は反論を諦《あきら》めた。峰には高沢の心理がわかったようで、呟《つぶや》きに対し、肩を竦めただけで特に何か言ってくることはなかった。

車中は重苦しいほどの沈黙に満たされていた。誰一人口を開くことはない。こんな状態では、峰に探りを入れるなどできるはずはないと高沢は溜め息をつきそうになるのを堪えると、後ろの列に座る三田村を振り返り、話題を振ることにした。

「射撃の指導を数日休むことになっているが、不満は出ていないか？」

組員たちのやる気も腕も上がってきているのに、このところイレギュラーな用事が入ることが多く、仕切り直しが続いている。当然、不満も出るだろうという高沢の予想はある意味当たり、ある意味外れた。

「不満は特に出ていませんが、懸念というか心配というか……高沢さんはこのまま指導するのを辞めるのではないかと、皆、案じています」

「俺が？　辞める？」

なぜそんな心配を、と意外に思ったせいでつい声を上げた高沢に、答えを与えてくれたのもまた、峰だった。

「皆、お前を『姐さん』として認識し始めたということだよ。八木沼組長や東北の青柳《あおやぎ》組長の接待を任され、無事成功させているのを見ているからな。『姐さん』としての仕事が増えれば組員の射撃の面倒までは見られないだろうと、そういうことだ」

「……なるほど」

自分としては辞めるつもりはない。とはいえ、現状としてできていないのは事実である。心配されるのももっともだと納得すると同時に、『姐さん』としての仕事とはどういったものがあるのかと、それを疑問に思い、峰に問う。

「『姐さん』にはどういう仕事があるんだ？」

「俺に聞くなよ。この世界に入ったのはお前よりあとなんだぜ」

峰は呆《あき》れたようにそう言うと、後部シートを振り返り三田村に問いかけた。

「先代には姐さんがいたんだよな？　確か」

「いらっしゃいましたが、我々からしたら雲の上の人すぎて、実際に何をやられていたかはさっぱり」

「どんな人だったんだ？」

そうか、先代の『姐さん』を参考にするという手があった。なぜ今まで思いつかなかったのかと自身に呆れつつ高沢は三田村に問う。

「見た目の印象しかないですけど、まあ、派手な人でしたよ。美人でしたけどね。金の使いっぷりも半端なかった。ただ、組長不在のときはきっちり組を仕切っていたという評判でした」

「俺ら下っ端がおいそれと口をきけるような人じゃなかったんだよ。組長がヤキモチ妬《や》きだったこともあるけどよ」

と、助手席で早乙女が、相変わらず不機嫌そうな声でぼそりと告げる。

「現組長もヤキモチ妬きだがな」

峰はそう言うと、高沢へと視線を戻し口を開いた。

「お前はお前でいいんじゃないかと思うよ。俺の見たところ、組員たちを掌握《しょうあく》していると思うし。特に射撃訓練に参加した組員たちは皆、お前を『姐さん』として見ているのは間違いないしな」

「そうですね。最近では高沢さんへの反発も薄れてきているのを感じます。特に若手の人気が高まっていて、別の意味で心配になるほどです」

「別の意味？」

どういった心配が？　と問おうとした高沢の肩を、峰がぽんと叩く。

「組長は嫉妬《しっと》深いと言ったばかりだろう」

「組員の人望を得られることを組長は望んでいるんじゃないのか？」

もと刑事ということに加え、平凡すぎる外見をしているのに『唯一の愛人』の座にあるということで、反発は強かったと聞いているし、肌で感じてもいた。三田村の言うとおり反発が薄れてきたのであればありがたいと思っていたというのに、と高沢が首を傾げつつそう告げると、峰ばかりか三田村までが、溜め息を漏らし、首を横に振ったものだから、何事か、と高沢は戸惑いから目を見開いてしまった。

「そういう顔するな」

途端に峰からまた注意が入り、解《げ》せぬ、と高沢は彼に問いかけようとしたのだが、相手にしていられないとばかりに峰から話をまとめられてしまった。

「とにかく、銃の指導を続けたかったら、自分の言動には気をつけろということだ。まあ、お前の場合自覚がないから気をつけようがないかもしれんが、その辺は俺たちチームがフォローする」

「……わかった」

峰の発言に三田村も頷いているところを見ると、彼の思い込みからくるものではないとわかり、納得しきれていなかったものの高沢もまた頷いた。

改めて峰が『チーム』のリーダーであると実感し、彼に頼る部分がかなりのものであるとも自覚する。もし本当に彼がエスであったとしたら、自分はよほど彼に貢献していたのではないかと軽く怒りを覚えた直後に、助けてもらったことのほうが多かったなと思い出し、高沢は溜め息を漏らしそうになった。

刑事だったときに『エス』について考えたことはまるでなかった。同僚とはほぼ会話がなかったというだけでなく、捜査会議でもエスについての話題が出たことはなかった。

都市伝説——まではいかないものの、そんな業務についている警察官がいるとは、なかなかに信じがたかった。

本庁の刑事であれば、別の感想となるのか。はたまた幹部の間ではごく普通に『エス』についての会話がかわされるのか。高沢の頭にふと、今は亡き西村の顔が浮かぶ。同級生にして親友、そして高沢を陥れた彼は高沢に執着するあまり、心中よろしく高沢と共に自身の身体に捲《ま》きつけたダイナマイトで爆死しようとした。それを救ってくれたのも峰だった、と、またも峰に思考が戻りそうになるのを踏みとどまり、西村のことを考える。

西村がエスではないかと、峰に問われたこともあった。そのときには西村の身の持ち崩《くず》しようを目の当《ま》たりにしていただけに、あり得ないと答えたが、もしや『あり得た』のではないかと今更のことを考える。

彼が警察を辞めたあとに頼った組織は悉《ことごと》く潰滅している。国内ばかりでなく香港《ホンコン》の趙《チョウ》の新興にして絶大な力を持ちつつあった組織すら、今や存在しているのか否かもわからない状態である。

実際に手を下したのは、どれも櫻内率いる菱沼組であったが、もし西村の目的がそうした組織を潰滅させることだとしたら、完璧《かんぺき》に成功したといえる。

まさか、と今更の疑いが芽生えたが、すぐ、あり得ないと高沢は密かに首を横に振った。キャリアの彼がエスになどなるはずはない。しかし考えれば考えるほど、混乱してきてしまう、とまたも首を横に振る。

すべてが任務のためだったとしたら。自分を陥れて警察を辞めさせたのは櫻内が取り込むのを待ったためだった。自分を攫《さら》って犯したのも櫻内を動かし、他の組を潰《つぶ》させようとしたからだ。すべてが西村の仕組んだ策略だった――などということは果たしてあり得るのだろうか。

西村の健康状態はどう見てもよくなかった。あの顔色といい酷い痩せ方といい、クスリ漬けになっていたのは間違いないように思う。果たして任務のために自分の身体をそこまで犠牲にするものか。しかしそれが『エス』だと言われれば納得するしかない。

「おい、高沢」

いつしか一人の思考の世界にはまっていた高沢は、峰の呼びかけに我に返った。

「どうした。顔色が悪いぞ」

心配そうに顔を覗《のぞ》き込まれ、反射的に目を逸らしそうになるのを堪える。

「大丈夫だ。体調は悪くない」

あれだけの事故で無傷だったのは幸運以外の何ものでもない。神部は大怪我を負ったというのに、と高沢は連想した神部の容態を問うてみることにした。

「神部は？　意識が戻ったかどうか、わかるか？」

「今朝の段階ではまだだった。命に別状はないらしいが」

「菱沼組の人間だということは――組長の運転手ということは、警察は把握しているのか？」

それも気になっていた、と高沢が問いを重ねる。

「現段階ではどうだかわからんが、すぐ気づかれるだろう。運転免許は携帯していただろうし」

「ああ、そうか……」

免許を持たずに運転することはあるまい。菱沼組の構成員の情報は警察も把握しているだろうし、組長専用の運転手といった派手な役職なら一発だろう。

櫻内は、神部の持っている情報ごときで逮捕はないと断言していたが、本当だろうか。峰の意見も聞いてみようと高沢が口を開きかけたのとほぼ同時に、助手席から早乙女の不機嫌極まりない声が響いてきた。

「前から気になってたんだけどよ、警察の情報をなんであんたはタイムリーに入手できるんだよ?」

「……!」

早乙女の問いに高沢は息を吞みそうになった。なんというタイミングでの問いかけだと心の底から感心する。

果たして峰はどう答えるのか。誤魔化すようなら自分が突っ込もうと考えつつも、それを顔に出さないように気をつけていた高沢の横で、峰が淡々と答える。

「今の情報は警察病院の職員からだ。金を握らせて連絡をもらっているが、組の名は出していないから安心してくれていい」

「そうかよ」

ぶすっとしたまま早乙女が答える。それ以上追及する気はないのかと、内心落胆していた高沢の後ろから、三田村の声が響いてきた。

「警察関係の情報については実は俺も気になってました。太いパイプがあるんですか？」

今度は三田村がいい仕事をしてくれたと思いつつ高沢は峰の答えを待った。

「太いとまでは言えないが、未だに同期との付き合いがあるんだ。警察学校の同期の絆《きずな》は深くてね。複数の同期から集めた情報を組み立てて、精度の高いものとしている」

「同期……」

高沢も当然、警察学校を経て刑事になっているが、同期との繋《つな》がりは刑事であった頃から切れていた。

「高沢は……失礼、姐さんには同期との絆はなかったようですね」

「ああ」

思い出したように敬語を使い始めた峰を、高沢はつい睨《にら》んでしまった。

「怖い顔をするな。むこうでうっかりタメ口にならないように、今から慣らしておかないと」

峰の言葉に三田村は大きく頷いたが、助手席の早乙女は不満げな声を上げ始めた。

「姐さん扱いしろっていうけどよ、見た目からしてこいつはこいつなんだから仕方ねぇだろうが。こちとらあんたなんかよりよっぽど付き合い長いんだ。今更敬語なんて使えるかっていうんだよ」

「気持ちはわかるが敬語は使っとけ。他の組員に妬《ねた》まれてるの、わかってるんだろう？」

峰が、やれやれというように溜め息をつきつつ早乙女に告げた言葉を聞き、高沢は驚いたせいでつい、話に割って入ってしまった。

「妬まれているだと？」

「ああ。それこそ付き合いの長さを羨《うらや》んでるんだろう。お前に特別扱いをされているため、いい気になっているとよく陰口を叩かれているのさ」

「ふざけるなよ。いい気になんてなるわけねえだろ。付き合いが長いのは事実なんだからよ」

ますます不機嫌そうに喚《わめ》き立てた早乙女だったが、それを聞いた三田村がぼそりと、

「特別扱いは否定しないんだな」

と呟いたのがまた、彼の癇《かん》に障ったらしい。

「てめえだって陰口叩かれてるんだからな。わかってんだろうな」

早乙女が三田村を振り返り、吠える。

「俺のは単なるやっかみだ。『いい気』にはなってないからな」

言い返す三田村に対し早乙女が、

「なんだと⁉」

と怒声を上げつつ助手席から身を乗り出そうとする。

「いい加減にしておけ。岡村組が仕切る告別式に参列する前に内輪揉《も》めとか、組長に知れたらどうなるか、勿論わかってるよな？」

峰の言葉に、二人してバツの悪そうな顔になり、黙り込む。

「陰口というのは本当なのか？」

しかも原因は自分絡みであるとなると、気になる、と高沢は早乙女と三田村、それぞれに視線を送りつつ問いかけたのだが、答えてくれたのは峰だった。

「お前に射撃の指導を受けた連中の中に、我々『チーム』を羨む輩《やから》が増えたのは事実だ。それだけお前の人気が上がったということだから、さほど気にする必要はないさ」

「俺とかかわりがあるから、白い目で見られているというわけではないんだな？」

てっきりそういうことと思っていたのだが、と確認を取った高沢の耳に、峰ばかりか早乙女や三田村の、やれやれといわんばかりの溜め息の音が聞こえ、なんなんだ？　と高沢はまたも戸惑いから彼らを見やった。

「組員たちを掌握するために射撃の指導を始めたんじゃないのか？　目的は充分果たせているというのに、なぜそこを自覚しないんだ？」

峰が呆れたようにそう言い、高沢をまじまじと見つめてくる。

「射撃訓練に参加する組員たちは確かに増えたが、俺を嫌う人間は未《いま》だに組内に多くいるはずだ」

　実際、射撃訓練の参加者からも、最初のうちは自分への反発を感じていた。そうした組員たちは自然と来なくなるので、最近では皆、自分に好意的な組員しか参加していないというだけなのでは。そんな高沢の指摘を峰が一刀両断、斬って捨てる。

「組長がお前を『姐さん』として扱っている上に、八木沼組長の覚えもめでたいんだぞ？　組長じゃなくお前に会いに来たことがあっただろうが。あれが効いたんだよ。今やお前の陰口を叩く組員は皆無といっていい。幹部の中には不満を持っている人間がいないとは言わないが、表立って悪く言う者はいない。皆、お前を姐さんとして立てている。まさかそれを感じてないとは言わないよな？」

　峰に懇々と説明され、高沢は、なるほど、と納得した。

「そういうことか」

「今……ですか」

　三田村がぼそりと呟いたあと、慌てたように、

「失礼しました」

　と頭を下げる。どうやら言うつもりはなく、ぽろりと本音が漏れたようだと高沢は察すると同時に、確かに理解が遅かったと反省もすることとなった。

「いや。呆れる気持ちはわかる」

それで三田村に謝罪の必要はないと告げたのだが、三田村は逆にますます恐縮し、深く頭を下げてきた。

「呆れたわけではなく、その、驚いたというか……ともかく、申し訳ありません」

「謝らなくていいんだが……」

かける言葉を間違ったのだろうか。どうすればいいのかと困惑していた高沢の肩を峰がポンと叩く。

「まあ高沢の気持ちもわかるよ。組長の寵愛の深さにかわりはないが、ボディガードだった頃は、もと刑事ということもあって相当当たりがキツかっただろうし。そうだよな？　早乙女」

問われた早乙女がシートベルトをものともせずに振り返り、得意げにまくし立てる。

「それだけじゃねえ。なんでこんな冴えない男が組長の寵愛を得てるんだって、幹部どころか下っ端連中まで、組内のほぼ全員が不満を持っていたんだぜ。それが『姐さん』になった途端に掌《てのひら》返しやがって。本当に信じられねえぜ」

峰に説明を求められたのが嬉《うれ》しかったのか、得意げにここまでまくし立てたものの、はっと我に返った顔になり、言葉を足す。

「ま、まあ、峰の言うとおり、今は誰も不満なんて持っちゃいねえから。昔のことは気にしなくていいと思うぜ」

自分が気にすると思ったのだろうか。他人からどう思われようが、実は高沢はさほど気にならないのだった。刑事だった頃も周囲に疎まれている自覚はあったが、仕事に支障を来さないかぎりは好かれようが嫌われようがまるで気にならなかった。

櫻内のボディガードとなってからもそこは変わらなかったのだが、『姐さん』扱いされるようになった今は組員たちにどう思われているかを自然と気にするようになった。

好かれたいという願望を抱いているわけではなく、自分に対する不満が櫻内にとってマイナスに働くのではと、そこを気にしているのである。

櫻内のカリスマ性は、傍にいる時間の長い高沢にとっては自明以外の何ものでもなかった。菱沼組はもともと関東一の組織ではあったが、櫻内に代替わりしてから確実に勢力を拡大している。そんな彼の足を引っ張るような存在になりたくないという願望は、以前の高沢であれば決して抱かぬものだっただろうが、今は自然と思考がそちらへと向かっていく。その理由はなんなのか。

そこを突っ込まれたことはない。が、改めて考えると、なぜだろうと疑問を覚える。

櫻内の足を引っ張りたくない。彼の助けになりたい。なぜこのような心境の変化を迎えることとなったのか。我ながら不思議だと高沢は一人首を傾げた。

思考の世界に入り込んだせいで黙ってしまっていたことを早乙女は、自分の発言が高沢を傷つけたのではと案じたらしい。

「峰が昔のことなんぞ持ち出すのが悪いんだろ？　俺はともかく、組の皆は今、こいつのことを『姐さん』と認めてるんだからよ。それでいいじゃねえか」

吐き捨てるような口調ではあったが、慰めてくれているのはわかる。しかしそれでももう少し言いようがあるだろうにと、高沢はつい、笑ってしまった。

途端に車内の皆が息を呑む音が響き渡り、何事か、とまたもや高沢は皆を見渡してしまった。

「……不意打ちはよせ」

「え？」

「……心臓に悪いです」

「……え？」

峰と三田村に何を言われているのかわからず、高沢は助手席の背を摑《つか》んで早乙女に問おうとした。

「うるせえよ。もうすぐ到着だろ？　準備しとけよ」

しかしなぜか顔を真っ赤にした早乙女に怒鳴られ、問う機会を逸する。

「わかった」

釈然としないとは思いつつも、確かに間もなく到着か、と高沢は腕時計を見やった。

既に喪服は着用しているので特に『準備』はないのだが、一応、とポケットの数珠《じゅず》を確かめる。今回、香典類は辞退ということだったが、念のため用意はしていた。三室は葬儀は不要と言い残したそうだが、八木沼が配慮してくれたという。

何もいらないというのはいかにも三室が言いそうだとは思った。射撃の指導をする前の彼のことは高沢もほぼ知らないのだが、彼を見ていると『達観』という単語が浮かんできたものだった、と高沢は在りし日の三室を思った。

刑事の頃、射撃練習場にはよく行ったが、三室とは指導以外に、さほど会話を交わしたことはなかった。警察を辞めてからのほうがかかわりは深くなったが、何も言わずともこちらの考えを読んだ上で助言をくれる、ありがたい存在だった。

三室の心情を完璧に理解していたとは思っていない。しかしこれだけは誤っていまいという自信があったのは、三室もまた自分と同じく、拳銃《けんじゅう》に魅入《みい》られていたということだ、と、高沢は静かに一人頷いた。

だからこそ警察を辞めたあとに、菱沼組の世話になった。菱沼組を辞めたあともまた、岡村組で射撃の教官となった彼は、人生の灯火《ともしび》が消えるまで銃にかかわっていたといえる。三室の人生が幸福に満ちていたか、はたまた不幸に見舞われていたか、高沢の知るところではない。しかし最後まで銃にかかわれたことには満足して逝《い》ったのではないかと高沢は考え、己もそうありたいと密かに願ったのだった。

三室の通夜と告別式は、斎場や寺ではなく、彼の家に祭壇をこしらえ、僧侶を呼ぶという形式がとられているとのことだった。家の周囲では目立たぬように喪服姿の若い衆が警護している。弔問するという自分たちへの配慮だろうと峰に言われて、初めてそのことに気づいた高沢は、彼の有能さを改めて実感していた。

先程までの車中のやり取りでも、峰がいなかったら収拾がつかなかった。まさにチームのリーダーに相応《ふさわ》しい役割を果たしている。

そんな彼がもしエスだとしたら——一番支障が出るのは自分かもしれない、と高沢は漏れそうになる溜め息を堪えた。

優秀さゆえに櫻内の信頼を得て、一時は武器庫の管理もしていた。自分もすっかり峰を頼っている。単純な早乙女は峰への不満を抱いているのがわかりやすいが、それでも彼に従っているし、三田村も同じである。峰がもし、チームをコントロールしようとしたら充分可能であるに違いない。

今のところそうした動きはないようだが、と思い返すも、もしや既にコントロールされているのではと愕然《がくぜん》となる。彼なしにはチームが回らないということ自体がそうなのではないのか。もし本当に峰がエスだとしたらとてつもなく優秀だ、と高沢はまたも一人密かに溜め息を漏らした。

そもそもエスはそうした有能さがなければ務まらない任務なのだろう。と考えると、藤田が本当にエスだったか疑わしくなってくる、と改めてそのことを考える。

藤田は峰をより信頼させるために用意された捨《す》て駒《ごま》だったのではないか。そう思いつくも、そのために藤田を岡村組に潜入させるというのは、さすがに無理があるかと己の思いつきを退けた。

藤田の動きは本当に謎《なぞ》だった。高沢に対する対抗心をああも隠そうとしなかったのは何か狙いがあってのことかと思いきや、個人的な感情だったという結論がくだされたのだった。任務の遂行より感情が勝った。なのでエスと見破られることとなった。峰がエスであることを証明するには、一体何を起こせばいいのだろう。

エスである証拠を揃《そろ》えることと同じく、否、それ以上に、『エスではない』証明は困難だ。三室ならその答えを与えてくれたかもしれないが、既に彼はこの世にいない。

三室の最期はどのようなものだったのだろう。せめて苦痛を伴うものではないといいのだが。そう願いながら高沢は、三室のために岡村組が用意したというマンションの前で車を降り、峰と共にエントランスへと向かった。

エントランスにも喪服の男が二人いて、「こちらです」とエレベーターホールに案内してくれる。

「お手数をおかけし申し訳ありません」

峰に目配せされ、高沢は男たちに声をかけた上で頭を下げた。

「いえ。お気になさらず」

一人が短く答え、一緒にエレベーターに乗り込んでくる。三室の住居は三階だった。一人が先に降り、奥まった部屋に向かって歩き出す。あとに続きながら高沢は、そういえば三室を訪ねることはあっても自宅に足を踏み入れたことはなかったかと思い起こした。

奥多摩の射撃練習場に彼が住んでいたとき、泊まらせてもらいはしたが、私室に入ったことはなかった。三室がどういったところに住んでいたのか、亡くなって初めて知ることとなるのかと感慨深く思いはしたが、想像はついていた。きっと何もない部屋に違いない。

案内役の男がインターホンを鳴らす。間もなくドアが開いたが、開けてくれた人物の名を高沢が思わず呼びかけたのは、あまりに憔悴《しょうすい》している様子であったためだった。

「金さん」

「高沢さん……」

喪服姿の金の目から、はらはらと涙が零れ落ちる。

「三室さん……いなくなってしまいました」

嗚咽《おえつ》に噎《むせ》ぶ彼を前に高沢は立ち尽くしてしまっていた。が、ドアを開いたままにするわけにはいかないと、金の両肩に手を置き、ぽんぽんと叩いてやる。

「すみません、教官に会わせてもらえますか？」

そうして金に静かに語りかけると、金は申し訳なさそうに頭を下げ、

「すみません……」

と小さな声で詫びてから、高沢と峰を中へと招いた。

峰が後ろ手で鍵《かぎ》をかけ、金に向かって頭を下げる。

「このたびはご愁傷様《しゅうしょうさま》で……」

「取り乱して、恥ずかしいです。高沢さんも峰さんも」

金は本当に恥ずかしそうにしていた。

「いえ。俺もショックを受けているので……」

金と三室の間にどのような絆があったのか、信頼し合っているといった話はかつて聞いたことがあるが、すべてを知っているわけではない。しかしこの悲しみようを見るに、深い絆で結ばれた仲だったとわかる、と高沢は金に向かい頷いてみせた。

「……もう助からないと、覚悟はしていたんです。通夜や葬儀で慌ただしくしていたから、泣くことを忘れていました。高沢さんの顔を見たら安心してしまったようです。ごめんなさい。驚いたでしょう」

金はそう言うと、「こちらです」と短い廊下を進み突き当たりの部屋のドアを開いた。

そこはリビングダイニングであったが、リビングのソファをダイニング側に寄せてつくったスペースに祭壇が設営されていた。

「………」

通常の葬儀とくらべて違和感があったのは、写真が飾られていないからだと気づく。

「……三室さん、写真が一枚もないんです。若い頃、一緒に撮った写真、私は香港に置いてきてしまっていたし。三室さんの荷物にもありませんでした。そもそも、三室さん、荷物がないんです」

金はそう言うと高沢に、

「間もなく、お坊さん、来るそうです。待つ間にお茶、いかがです？」

とダイニングのテーブルに誘った。その前に、と高沢は祭壇の前に座り、両手を合わせた。峰もまた高沢に倣《なら》う。

「お坊さんにお経、あげてもらったらすぐ、火葬場に向かうそうです。そのとき、顔、見せてもらえると思います」

茶を淹《い》れてくれながら金はそう告げたあと、寂《さび》しげな笑みを浮かべてみせた。

「三室さん、お墓もいらないと言い残してました。きっと、自分の家のお墓、あるんじゃないかと思うんですが、教えてもらえませんでした」

「確か奥さんを亡くされていましたよね。捜せると思います。ご親族がいるかどうかも」

と、ここで峰が遠慮深い口調でそう金に声をかける。

「それが、三室さん、誰にも知らせなくていいと言ってたんです。葬儀もいらない、墓もいらないと……お骨は当面私が預かっていようと思ってますが……」

「……そうなんですか……」

それが三室の遺言であるのなら、親族捜しも墓探しもしないほうがいいのだろう。ヤクザの世界に身を埋めたがゆえに、迷惑をかけたくないと、そういうことなのかもしれない。

自分もまた、死を目前にしたときには同じような言葉を残すかもしれないなと、高沢が納得したとき、インターホンの音が室内に響いた。

「お坊さん、来たみたいですね」

少々お待ちください、と金が玄関へと向かっていく。

葬儀もいらないと言っていた三室だが、せめて見送らせてほしい。そう願いながら高沢は祭壇を振り返り、在りし日の三室へと思いを馳《は》せたのだった。

3

僧侶の読経と高沢らの焼香はすぐに終わり、葬儀会社の職員により三室の遺体は火葬場に向かうこととなった。

出棺の際、最後のお別れということで高沢と峰は三室と対面できた。頰は削《そ》げ、窶《やつ》れ果てた彼の顔を見たとき、高沢の胸は詰まり、涙が込み上げてきた。

死化粧のために顔は眠っているようにも見えたが、胸の上で組まれた手はやはり生きている人間のものではなかった。三室の死を目の当たりにし、高沢はとてつもない喪失感を覚え、その場で立ち尽くしてしまったのだった。

火葬場で待っている間、金が何かを話したそうにしているのに気づき、高沢は彼を外へと誘った。

「煙草《たばこ》を吸いに出ませんか？」

「はい。行きましょう」

金はすっかり落ち着いているように見えた。今は自分の心理状態のほうが不安定だと思いつつ、高沢は峰に「ちょっと出てくる」と告げることで彼を待合室内に残すことに成功し、金と共に屋外に出た。

ぬけるような青空の下、二人顔を見合わせる。

「三室さん、最後まで高沢さんのこと、気にしてました」

ポケットから煙草を取り出した高沢は、金が話しかけてきたことで再びポケットにしまうと、彼を見つめ口を開いた。

「……教官は俺に見舞われたくないのではと思い、峰に同行しなかったのですが、今では後悔しています」

「いや、正しい選択でした。もし来たとしても三室さん、あなたには会わなかった。勿論あなたのためを思ってです。おそらく、葬儀にも来るなと思っていたでしょう。でも、あなたは来たいと願うだろうと思って、それで八木沼組長にお願いしました」

「ありがとうございます。最後のお別れができたのは金さんのおかげです」

深く頭を下げた高沢に金は恐縮してみせた。

「私は何もしていませんよ。私のほうこそ、高沢さんには感謝してもしきれません。命を救われたこともですが、三室さんと再会し、生活を共にできたこと。本当に懐かしく、本当に嬉しかった。高沢さんと縁が繋がっていなかったら、おそらく、私と三室さんは一生会うことがなかったでしょう。香港と日本で離れて暮らしていましたしね」

懐かしそうな顔になる金に高沢は、今なら聞けるかもしれないと、二人の関係を問うてみることにした。

「金さんと三室教官は、若いときに付き合いがあったんですよね」

「はい。私、若いときは愚かでした。名を売ろうとして日本に来たんですが、ヤクザに目をつけられて殺されかけたところを三室さんに救われたのです」

「命の恩人だと言ってましたね」

以前、そんな話を聞いたことがあった。高沢の言葉に金は「はい」と笑顔で頷き、話を続けた。

「三室さんに恩返しをしたかったけれど、三室さんは見返りを求めたわけじゃないと、何も受け取ってくれなかったし、協力もさせてもらえなかった。その頃、三室さん、警察の人だったから。私も変に意地になって、何がなんでも恩返しさせてもらうと、かなりまとわりついたんです。さぞ迷惑だったと思います」

懐かしそうに微笑む金の表情から、それが楽しい思い出であるとわかる。三室が何を思い金を助けたのか、彼から聞くことは既にかなわないが、二人の間には他人には侵し得ない強い絆があったのだろう。高沢の胸は温かな思いで満ちていた。

「そのまま、日本で暮らしたいと思ってました。真人間になれば三室さんと一緒にいられると、彼の紹介で真っ当な仕事について、結婚もしました。息子も生まれ、幸せだった。でも、香港の父が死んで、私は香港に帰らなければならなくなりました」

金の表情が曇り彼の口から溜め息が漏れる。

「私の父は、香港三合会の重鎮だった。私には二人の兄がいたので、父のあとは兄のどちらかが継ぐと思っていたのですが、その二人が立て続けに亡くなってしまったのです。暗殺でした。跡目を継ぐために戻らなければならないが、戻れば私も命を狙われるでしょう。死ぬのが自分だけならまだしも、妻や子を危険に晒《さら》したくなかった。連れて帰るわけにはいかないけれども、日本に置いて帰っても彼女だけでは生活できません。そんなとき、三室さんが手を差し伸べてくれたのです。自分が妻と子供の面倒を見てやると」

「！　もしかしてそれが……」

妻はともかく『子』は、と確認を取ろうとした高沢に、金は笑顔で頷いてみせた。

「はい。金子です。妻は三室さんの奥さんとして暮らしてました。妻の命を守るためです。私の妻とわかれば、殺される危険があった。私は三合会を抜ける気でしたしね。でも、かなわなかった。あとはもう、後継者を育てて跡目を譲るしか、私が生き延びる道はなかったのです」

金はここで深い溜め息を漏らしたあと、

「煙草、もらってもいいですか？」

と高沢に聞いてきた。

「ええ、勿論」

忘れていた、と高沢はポケットから煙草を取り出し、金に差し出した。

「ありがとうございます」

金は一本抜くとすぐに箱を返して寄越した。ライターと引き換えに受け取ると高沢もまた一本抜き、口に咥えた。

「妻は三室さんを好きになったみたいです。ようやく後継者を育て上げ、あとを譲って引退したので、香港に呼び寄せようとしたら、日本にいたいと返事がきました。三室さんが妻を愛していたかはわかりません。私の子だとわかれば後継者争いに巻き込まれるので、息子は三室さんの籍に入れてもらいましたが、妻と入籍したかはわかりません。聞けませんでした」

「……そうだったのですか……」

金子は戸籍上は三室の『息子』だった。しかし本当の父親は金だった。

『父ではありません……っ』

金子は嘘をついていたわけではなかった。父としてではなく一人の男として三室を愛していたのだろう。三室にとって金子はどういう存在だったのか。聡《さと》い三室であれば、金子の自分に対する想いに当然気づいていただろうが、受け入れる素振りを見せてはいなかったように思う。

その金子は今、どこにいるのか。姿を見ていないと高沢は金に問いかけた。

「金子さんは？　未だに記憶が戻らないままですか？」

「戻っているのではないかと思いますよ。戻っていないと言ってはいますが」

溜め息交じりに金はそう言うと、首を横に振った。

「三室さんが亡くなったことも伝えていますが、無反応でした。記憶喪失を装っているからショックを受けた素振りを見せられないのでしょう。身を守りたいのならすべてを打ち明け救いを求める道もあるのに、なぜか頑《かたく》なに拒んでいる。愚かな子です」

「……………」

なんとコメントしていいのか高沢はわからず黙り込んだ。金子がそうも頑ななのは、周囲を信用していないからもあるだろうが、自分のせいかもしれないと思ったからである。

他の人間に対する態度は見たことがないが、少なくとも自分は金子に嫌われていた。それも明らかに。理由はよくわからない。三室にかかわる人間は誰一人として許せないのかもしれない。

三室は誰に対しても平等だった。それは警察にいた頃から同じで、高沢は三室に特別扱いをされた記憶がなかった。何度か宿泊はしたが、もともとあの練習場に宿泊施設はあったのだから、他にも泊まった組員はいたはずである。

もと警察官という共通項はあったが、それが気に入らなかったのだろうか。誹謗《ひぼう》や中傷には慣れていた高沢だが、金子から向けられる憎悪に関しては、理不尽と感じずにいられなかった。

「三室さんの病気のことは伝えていましたので、覚悟はできていたと思います。昨日の通夜には参列していましたが、今日の告別式は部屋に閉じこもって出てきませんでした」

「俺が来たから……ですかね」

記憶喪失が演技ならその可能性は高そうだが、と問うた高沢に金は、

「どうでしょうね」

と返事を濁したあとに、ふと上を向いた。

「大昔……若い私が香港に帰るときに、三室さん、見送りにきてくれました。あのときも雲ひとつない綺麗《きれい》な青空でしたよ」

最後のほうは涙声になっていた金が、ふう、と煙草の煙を空に向かって吐き出す。

「……最期を看取れてよかった……」

ぽつ、と呟いた言葉は高沢に向けて言われたものというよりは、心の声、といった感じだった。高沢は聞こえないふりをすることにし、彼もまた空を見上げた。

もう、三室はいないのだ。

今更のようにじわじわとその事実が実感として胸に迫ってくる。

「高沢さん」

隣で金が、高沢の名を呼ぶ。

「はい」

視線を彼へと戻したが、金は空を見上げたままだった。

「三室さんから、高沢さんへの伝言があります」

「伝言……ですか？」

意外さから戸惑いの声を上げると、金はようやく視線を高沢へと向け頷いてみせた。

「はい。遺言といっていいかもしれません」

「……なんでしょう」

高沢の中で一気に緊張が高まる。

「周りに気を配れと……三室さん、最期まで高沢さんのこと、本当に気にしていました」

「……そう……ですか」

三室が。自分のことを――。三室の遺言には心当たりがこれでもかというほどあった。

峰のことを言っているのではないか。三室は峰がエスだと見抜いていたのかもしれない。

「他にはありませんでしたか？　具体的に誰に気をつけろといったことは？」

「いいえ。特に誰とは。心当たり、あるのですか？」

金が真《ま》っ直《す》ぐに高沢を見つめ、問うてくる。

「…………」

どう答えるかと高沢が逡巡《しゅんじゅん》したのがわかったのか、金は、

「聞かないでおきますね」

とすぐさま問いを引っ込めた上で、高沢の知りたいことを教えてくれた。

「遺言を残したのは高沢さんだけです。ああ、もう一人、八木沼組長にも感謝の気持ちを残していました」

「金子さんには？」

「特には何も。三室さん、いい意味でも悪い意味でも合理的なのです。そのとき、気になったことしか頭にない。私にも特別な遺言、ありませんでしたよ。ありがと、くらいですかね」

苦笑してみせた金の言葉は、自分に気を遣わせまいとしてついた嘘ではないかと高沢は感じた。

金にとって三室が大切な相手だったように、三室にとっての金も特別な相手だったはずである。だからこそ三室は金の妻と子を預かったのだろう。そんな仲である金に何も言葉を残さないなど、あり得るはずがない。

三室とは長い付き合いだが、彼の私生活に関してはまるで知らない。自分のプライベートも三室は知らなかっただろう。とはいえ高沢には『プライベート』といったものはなかったのだが。

一方三室には高沢の知らない秘密があった。金のことを紹介してもらったが、そのときには詳しい話は何も聞かされなかった。

三室との付き合いはそうしたものだった。自分は特別ではない。それがなぜ金子にはわからないのだろう。そんなことを考えていた高沢に、金が話しかけてくる。

「でもそれだけ、三室さんにとっては、気になることだったんでしょう。だから、忘れないでください。あの人の遺言を」

「わかりました。勿論、忘れません。周りに気を配ります」

「よかった。これで安心して三室さん、天国に行けるでしょう。なに、そのうちに私も死ぬでしょうから。また向こうで楽しく過ごします」

金がそう言い、再び空を見上げる。彼の瞳にある愛《いと》しげな光は高沢の胸をも熱くさせるものだった。三室の晩年はもしや彼にとっては幸福だったのかもしれない。その可能性が高いことを喜ばしく感じながら、高沢もまた、抜けるような青空へと視線を向け、かつての師の冥福《めいふく》を祈ったのだった。

三室の骨は脆《もろ》く、拾い上げようとしても崩れ落ち、摑むことがかなわなかった。小さな骨《こつ》壺《つぼ》に収まったところを見て高沢はなんともいえない気持ちになった。

「教官、痩せてたからな……」

峰が寂しげな声を出す。

「そうだな……」

頷いたあと高沢は、峰は見舞いに行ったとき、直接三室から何か言われたのだろうかと気になり、聞いてみることにした。

「何か教官から言われたか？」

「ああ、最後に見舞いに行ったときか？」

峰はすぐに高沢の問いの意味をわかってくれ、少し考える素振りをした。

「お前のことを気にしていたな。見舞いに来なかったことを喜んでいたよ。会いたくないというわけじゃなく、お前が自分の立場をわかってきたという意味で」

「……そうか……」

嘘はついていまい。しかし本当にそれだけなのか。もしも三室が、峰をエスと見抜いていたとしたら、何かしら指摘をしたのではないか。しかしたとえ指摘されたとしてもそれを正直に峰が明かすはずがないかとすぐに追及を諦めた。

「しかし三室さんがもうこの世にいないというのはなんだか信じられないよな。お前もショックだろう？」

峰に話しかけられ、高沢は素直に頷いた。

「ああ」

「付き合いも長いしな。お前は特別、目をかけてもらっていたし」

「教官に『特別』はなかっただろう?」

誰に対しても分け隔てなくという印象だったと高沢が反論すると、峰は、

「まあ、そうだが、やはりお前は特別だったよ」

と苦笑した。

「何せオリンピック選手候補だぜ。お前もよく練習場に通っていたじゃないか。相思相愛ということだよ。お前にとっても三室さんは特別な人間だっただろう?」

「特別……」

『特別』の意味がよくわからず、呟いた高沢に峰が言葉を足す。

「別に変な意味じゃないぞ。傍《はた》から見たらお前も三室さんを特別扱いしているように見えたってことだ。組長も嫉妬してたじゃないか」

「そうなのか?」

櫻内が嫉妬などするだろうかと疑問を覚え問いかけた高沢を見て、峰が呆れた顔になる。

「お前もいい加減わかってきたかと思ったが……三室さんの見舞いに行かなかったのは組長を気にしたからだろう?」

「教官が望まないだろうと思ったからだ」

答えながら高沢は、それだけではなかったかと己の心理を思い起こした。

「三室さんには組長の嫉妬心が伝わっていたんだろう」

峰は肩を竦めてそう言ったあと、「にしても」と言葉を足した。

「正直、意外だったんだよ。葬儀への参列には許可は下りないものと思ってたからな。お前も事故に遭ったばかりだったし、行かせない理由になるだろう？」

「意外そうな顔をしていたな、そういえば」

峰にしては珍しいと思ったのだった、と高沢が告げると峰は、

「組長、最近お前に甘いよな」

と揶揄《やゆ》して寄越した。

「そうか？」

『甘やかすことにした』と言われた、とつい告げそうになったが、思い留《とど》まったのは、峰がもしもエスであったら与えるべきではない情報ではないかと思ったからだった。

「溺愛《できあい》という表現がぴったりだ」

峰がにやりと笑って高沢の肩を叩く。揶揄する口調に対し、高沢はどうリアクションを取っていいのかがわからずその場で固まった。

「こういう初心《うぶ》なところがツボなんだろうな」

峰は尚《なお》も揶揄してきたが、高沢が固まったままでいると、やれやれというように肩を竦めた。

「本当にお前はからかいがいがないな。まあいい。葬儀も終わったし早々に帰ることとしよ

う」

「そうだな」

三室と別れはできた。そして、と高沢は峰を見やった。

「ん？　なんだ？」

峰が不思議そうに問い返してくる。

今なら彼を問い詰めることができるのではないか。早乙女と三田村は車で待機しているし金もいない。絶好の機会じゃないかと高沢は口を開いた。

「峰、聞きたいことがあるんだが」

「なんだ？　改まって」

峰の態度に変化はない。饒舌《じょうぜつ》になることもなければ不安そうにしてみせることもなく、まるで普段どおりである。これは演技なのか、それとも素か。下手《へた》に小細工をするよりもダイレクトにぶつかり、反応を見よう。何より自分に小細工ができる気がしない、と高沢が心を決め口を開きかけたそのとき、

「た、高沢さん……っ」

手続きに行っていた金が転がるようにして高沢らのいるロビーにやってきたため、高沢も、そして峰も驚き彼を見やった。

「どうしました？」

「洋《ヤン》が……っ……息子が……いなくなりました！」

「なんだと⁉」

息を呑む高沢の横で、峰が大声を上げる。

「いなくなったとは？」

興奮した様子の金から話を聞こうと高沢は彼の目を覗き込むようにし、状況を問うた。

「胸騒ぎがして、彼に電話をしたのですが出てくれなかったので、岡村組の見張りの方に様子を見にいってもらったのです。三室さんが亡くなったショックで、自殺でも計ったのではないかと心配で……そうしたら……部屋にいないと。見張りの人の目を盗んで出ていったようです」

「連れ去られた可能性は？」

横から峰が問いかける。金子はかつて菱沼組の射撃練習場襲撃犯と通じていた。彼らが口封じのために連れ去った可能性もある。高沢の緊張が高まる中、金は首を横に振った。

「おそらくそれはないと思います。拉致《らち》されたのであれば、出ていくとき、さすがに見張りの人が気づくはずです」

「自力で外に出たとしても、見張りは気づくのでは？」

峰がもっともな指摘をする。

「変装をしたのかもしれません。防犯カメラの映像をチェックしてもらってます」

青ざめた顔で金が答える。高沢はふと思いつき、周囲を見渡した。

「どうした？」

峰の問いに高沢が答える。

「金子が向かう先はここなんじゃないかと思ったんだ。教官と最後の別れをしたかったのではと……」

「あり得るな」

峰は頷くと駆け出していった。

「三室さんとお別れするため……ではないように思います」

ポツリと金が呟いたのを聞き、高沢ははっとして彼を見た。

「心当たりが他にあるんですね？」

そうでなければ出ない言葉だと高沢は思ったのだが、金は首を横に振った。

「いえ。ただ、ここに来ても三室さんには会えません。亡くなりましたから。私が思うに、三室さんがいる間は記憶喪失のフリをしてでも傍にいようとしたのではないかと。三室さん、いなくなったから出ていったんじゃないかと思うのです」

「なるほど……」

あり得るなと高沢は頷いたあと、『フリ』は間違いないのかと確認を取った。

「先程も仰《おっしゃ》ってましたが、彼の記憶喪失が演技なのは間違いないですか？」

「私はそう思っています。ただ、確証はありません」

「彼はどこに向かったと思いますか？」

「私はあの子が三室さんのあとを追うのではと案じました。でも彼は出ていった。命を断つなら部屋の中でしたでしょう。わざわざ変装してまで外に出る必要はありません」

「教官と思い出の場所で死にたい、というのは？」

その可能性もあるのではと問いかけた高沢に対し、金が苦笑する。

「高沢さん、ロマンチストね。あの子はどちらかというとリアリスト。死ぬためにいらない労力を使いはしないでしょう」

「そうですか……」

自分をロマンチストと思ったことはなかったが、確かに金の言うとおりかもしれない、と高沢は頭を掻《か》いた。

「実は私、恐れていることがあるのです」

と、金が不意に思い詰めた顔となり喋《しゃべ》り出す。

「何をですか？」

話の流れからして金子のことに違いない。何を恐れているのかと問うた高沢の前で、金は一瞬の逡巡を見せたあと口を開いた。

「あの子が私の血を分けた息子であることが、三合会に知られたのではないかと、それが心配なのです」

「……どういうことですか？」

なぜ知られてはいけないのか。理由がわからず問い返す。

「私が跡目を継がせたのは血の繋がらない養子です。実に優秀な子なのですが、それだけに敵が多いのです。三合会は、血の繋がり、大事にします。私に実の息子がいるのなら、そちらこそ後継者に相応しいと、息子を担ぎ上げる輩が出てくるかもしれません」

「金子は……すみません、息子さん自身はそうした希望をお持ちなんですか？」

だからこそ姿を消したと、そう思っているのだろうか。金子について、高沢はほとんど知る部分がない。自分に敵意を抱いていたこと、三室に対する執着が凄《すさ》まじかったことくらいしか印象にないのである。

三合会とは、香港裏社会を牛耳《ぎゅうじ》る団体の連合体という知識は高沢にもある。金子はそうした権力に興味があるのだろうか。

あまりしっくりこないのだが、と首を傾げた高沢の前で金が首を横に振る。

「……正直、わかりません。あの子が私を父親と認めているかどうかも……」

はあ、と金の口から深い溜め息が漏れる。

「あの子の頭の中は三室さんでいっぱいでした。三室さんがいればあの子は幸せだった。今は何を心の支えにしているのか……自分の息子なのに、ごめんなさい」

金の謝罪を高沢は慌てて退けた。

「金さんが謝ることではありません。ともかくすぐにも行方《ゆくえ》を捜しましょう」

その前に八木沼の耳に今の話は入っているのだろうか。たとえ金から聞かずとも八木沼であれば把握していそうだがと思いつつ高沢が問うと、金は硬い表情のまま首を横に振った。

「岡村組の皆さんには何も言っていません」

「わかりました。一緒に報告にいきましょう」

本来であれば金や金子の身柄を岡村組に預かってもらう際に告げるべき内容である。もしも金子が既に三合会の人間と接触している場合、岡村組の情報が彼を通して香港に流れていないという保証はないからである。

「わかりました」

金が青ざめている。気持ちはわかると高沢は彼の肩を叩き「行きましょう」と声をかけ、三田村や早乙女の待つ車へと向かったのだった。

車に乗り込むと高沢は、八木沼組長への報告の前に、と、櫻内に電話をかけた。

『どうした。告別式は無事に終わったんだろう？』

名乗るより前に、櫻内のバリトンの美声が耳元に響き、自然と緊張が高まる。

「組長、ご報告が」

どういう反応を見せるか。ますます緊張してしまっていた高沢の耳に、意外すぎる言葉が櫻内の声で響いてくる。

『「あなた」だろう？』

「……え？」

正直なところ、高沢は自分が今何を言われたのかまるで理解していなかった。なので、やれやれというように溜め息を吐きながら櫻内が繰り返した発言を聞き、何を言っているのだと愕然としてしまったのだった。

『「あなた」と呼ぶ約束だろう』

「……あの……」

そんな場合ではないのだが。一気に緊張が削がれた高沢の口から溜め息が漏れる。

『「あなた」だ。呼んでみろ』

櫻内は上機嫌のようだった。が、この話を聞いても機嫌よくいられるだろうかと案じつつ、高沢は話を始めた。

「……ともかく、聞いてほしい」

『「あなた」だ』

しかし櫻内は予想外にしつこかった。これでは話が進まない。仕方がないと高沢は、車内の誰にも聞こえないようにと声を潜め、繰り返し求められている呼びかけの言葉を告げた。

「……あなた、聞いてほしい」

どんなに声を潜めようとも、狭い車中では皆の耳に届いたらしく、一種異様な空気が流れる。そのことに羞恥を煽られながらも、なんとか話を続けようとした高沢の耳に、実に満足そうな櫻内の声が響いてきた。

『やはり「くる」な。もう一度頼む』

「……いい加減にしてくれ……」

話をさせてくれ、と高沢は更に声を潜めてそう告げたが、電話の向こうで沈黙している櫻内が『いい加減』にしてくれるはずがないこともまたわかっていた。

「……あなた……」

それでもう一度繰り返し呼んだあとに、くすくす笑い始めた櫻内に対し、今度こそ、と話を切り出したのだった。

金子が消えたこと、拉致ではなく自ら姿を消したと思われること、そして金子の出自。金のバックグラウンド。すべて説明したあと、待っているのは叱責のみと覚悟しつつ高沢は電話を握りながら深く頭を下げた。

「ご報告が遅くなり申し訳ありませんでした。今の話をこれから八木沼組長に報告して参ります」

『兄貴は既に知っているに違いないが、だからといって報告しないわけにはいかないからな』

電話の向こうから聞こえてきた櫻内の声は実に淡々としていた。叱責もない。

「あの……」

　なぜ怒らないのか。これも彼の言う『甘やかし』の一環なのだろうか。戸惑う高沢の耳に、櫻内の声が響く。

『報告を終えたらすぐに帰ってこい。兄貴は引き留めにかかるだろうが、一刻も早く俺に会いたいからと断るように』

「……本気……か？」

　冗談だとしても、そんな冗談を櫻内が口にすること自体に違和感がある。愕然といっていいほど驚いていた高沢に櫻内は、

『本気も本気だ。それじゃあな』

　と明るく言い放ち、電話を切った。

「組長、なんだって？」

　電話の間に車に戻っていた峰が好奇心を隠そうともせず、高沢に向かい身を乗り出す。

「……早く帰れと言われた」

「いやあ……なんというか、ラブラブだな」

　呆れた顔になった峰だが、すぐフォローよろしく言葉を続ける。

「叱責されなくてよかったが、金子の追跡を岡村組に任せるわけにはいかないよな」

「そうだな……」

櫻内には早く帰って来いと言われたが、やはり残って行方を追うべきだ。もう一度櫻内に確認を、とスマートフォンを握り直した高沢の横から、峰の明るい声が響く。

「俺が残るよ。岡村組の金子捜しに協力を申し出る」

「峰が？」

一体なんの目的があるのか。それとも言葉どおり、組としての責任を果たそうとしているだけなのか。

混乱する高沢に峰が「ああ」と笑顔で頷く。

「そのつもりだ。なので八木沼組長の承諾を取り付けてくれ。頼むぞ」

峰の笑顔には一片の曇りもないように高沢の目には映っていた。さすがの演技力なのか、はたまたコレが彼の素なのか。どちらかはわからないものの、ただ一つ確かなのは峰のほうがあらゆる意味で自分より数段上だということで、どちらに転ぶにせよ確たる証拠を握ってみせると、改めて高沢は己を鼓舞するべく硬く拳を握り締めたのだった。

4

八木沼に面談を申し入れると今は組事務所にいるとのことだったので、高沢ら一行は岡村組の事務所へと向かった。

一流企業の本社ビルといわれても納得するような瀟洒《しょうしゃ》なビルの最上階に八木沼の執務室はあり、高沢は金と峰を伴い案内役のあとに続いた。

「高沢君、久々やな。いやあ、喪服もええな」

八木沼は上機嫌で高沢を迎えてくれた。

「このたびの組長のお気遣いに衷心より御礼申し上げます」

頭を下げた高沢に、

「硬い挨拶はええから」

と笑ってソファを勧めてくる。

「精進落とし、しよか」

言ったかと思うと背後に控えていた組員に「酒な」と告げる。

「……申し訳ありません」

葬儀場から直行したのは失礼だったかと、高沢は今更のことに気づき、慌てて頭を下げた。

「ええて。緊急事態やろ?」

八木沼はどこまでも鷹揚《おうよう》だった。笑顔で自分を許すのは、櫻内あってのことだろうとわかるだけに高沢は、安易に厚意を受け入れるわけにはいかないと尚も深く頭を下げた。

「はい。八木沼組長に事態の報告と、今後についてのご相談に参りました」

「もう、硬い挨拶はええと言ったやろ?」

八木沼が苦笑したところにドアがノックされ、ワゴンに冷酒や盃《さかずき》、それに小皿に盛られた料理が運ばれてきた。

「とにかく、献杯や。金子のことは我々にも責任があるよって、高沢君が気にすることやない」

さあ、と八木沼が高沢に盃を勧める。

「ありがとうございます」

恐縮しつつも高沢が盃を受け取ると、八木沼は続いて金と峰にも盃を勧めてくれたため、二人も盃を取り上げることができた。

「それでは献杯」

三室のために『乾杯』ではなく『献杯』と告げてくれたことにも感謝し、八木沼に続いて唱和する。

「献杯」

二人して酒を飲み干したあと高沢は先に八木沼の盃に酒を注ぎ入れながら、

「実は」

と先程金から聞いたばかりの金子と彼の関係と、金と香港三合会のかかわりについて説明した。

「なるほど。世が世なら畏《おそ》れ多くて頭も上げられない人やったんやな、金さんは」

八木沼は大仰に驚いてみせたが、金に、

「ご存じでしたよね」

と指摘されると、

「どないやろな」

と笑って誤魔化した。

「最近、大陸か香港の連中が近くを嗅《か》ぎ回っている気配はしとったからな。金子はおそらく、彼らと行動を共にしとるんやないか？　そのまま香港に向かうようやったら、ウチとしては追うまでもないが、三合会への手土産に岡村組を潰してこ、などと物騒なことを考えとるんやったら話は別やけどな」

八木沼の言葉に金が頷く。

「ない話ではないと思います」

「まあ、クーデター起こそういう輩やったら、そうやろなあ」

やれやれ、というように八木沼が溜め息を漏らしつつ盃を空ける。

「しかし金子は岡村組の内情をほぼ知らないのではないでしょうか。ずっと入院していましたし、その後は用意してもらったあのマンションからほぼ外に出ていないのでは？」

峰が遠慮深く指摘するのに、八木沼が「せやな」と頷く。

「彼が見張りの組員を抱き込んだ可能性はありますか？」

そのくらいしか彼にはできることがなかったのではと高沢が問うと、

「そこは大丈夫なはずや」

と八木沼は大きく頷いた。

「三室さんや金さんから、射撃練習場の情報を引き出そうとしたことは？」

峰は今度、金に問いかけ、金は首を横に振った。

「あり得ません。まず私とは接点がほぼありませんでしたし、三室さんがそんな不用意なことをするはず、ないです」

「ならウチを攻め込むことはないかもしれんわな」

うーん、と八木沼が考えつつ告げるも、すぐ、

「まあ、用心に越したことはないからな」

と笑顔で頷いてみせた。

「彼を逃亡させたことへの責任もあるしな。必ず行方を突き止めるわ。連れ戻したほうがええんかな？」

「そうですね……」

どうするかと高沢は金を見やった。金もまた困った顔になっている。高沢個人としては、金子にはどこでも好きなところに行ってもらってかまわないのだが、そもそも彼は菱沼組の射撃練習場襲撃に一役買っている。記憶が戻っているのなら、主謀者が誰でどのような団体なのか、吐かせる必要があった。

となると、と高沢は峰を見、峰もまた頷き返す。

「菱沼組のほうではまだ彼に用事がありますので、我々で行方を追うことにします」

「そない水くさいこと言わんでええて」

途端に八木沼が破顔する。

「そしたらウチも力を貸すさかい。遠慮なく使ってやってな」

「申し訳ありません。ありがとうございます。峰が残って探索にあたります」

「お世話になります」

峰が改めて八木沼に頭を下げる。

「峰君やったら適任やな」

八木沼はそう言うと、峰に対して冷酒を差し出した。

「！　おそれいります」

峰が恐縮しまくりながら盃を差し出す。その様子を横目に高沢は、八木沼もまた峰を高く評価しているとはと感心していた。

かつて八木沼は彼のもとにいた藤田がエスであると見抜いていた。もし峰がエスであったら同じく見抜くのではないか。常に峰を監視しているわけではないから同列に語ることはできないかもしれないが、八木沼の慧眼なら充分それが可能な気がする。

実際のところはどうなのだろう。高沢の視線が八木沼へと移る。

「喪服姿の高沢君にそない熱い眼差《まなざ》しを注がれたら、うっかりその気になってしまうやないか」

と、目が合った途端、八木沼にそんな風に揶揄され、バツの悪さから高沢は目を伏せた。

「す、すみません」

「謝ることないで。今は煩《うるさ》い旦那《だんな》がおらんさかいな。口説くのにはちょうどええて」

あっはっは、と笑っているところに、どうやら八木沼のスマートフォンに着信があったようで、「お？」と言いつつスーツの内ポケットから取り出す。

「なんと！」

画面を見て誰からかとわかったようで、八木沼は驚いたように目を見開いたが、高沢のほうにその画面を向けて寄越した。

「盗聴器でも仕かけられとるんやないか？　旦那からやで」

「えっ」

なんたる偶然、と驚いている高沢の前で八木沼が電話に出る。

「今、高沢君にちょっかい出そうとしたところや。さすがのタイミングやな」

櫻内の笑い声が微かに聞こえる。八木沼が本気ではないとわかっているのだろうと思いつつ高沢は、櫻内の電話の用件を考えた。

自分へのフォロー以外、思いつかない。どうやらそのとおりだったようで、八木沼は通話中、何度か高沢に笑いかけ、最後に、

「ええようにするさかい、安心してや」

と告げ、電話を切った。

「ほんま、愛されとるな」

愛が重いやろ、と八木沼が笑いながら、今度は高沢に酒入れを差し出してくる。

「す……みません」

なんと答えればいいのか、一瞬迷ったために口ごもった高沢に対し、八木沼はおかしそうに笑ってみせた。

「冗談や。いや、冗談ではないか。ほんまのことやもんな。愛されとるのも愛が重いのも」

あっはっは、と笑ったあとに八木沼は、

「ともあれ、任せてくれてええから」

と胸を張った。

「ありがとうございます。感謝します」

「気にせんでええ。それより愛が重いあんたの旦那が待ち侘《わ》びとるようやから、早いとこ出発したほうがええんとちゃうかな？」

「わかりました」

「勿論、遠回しに帰れ言うとるわけやないで？　ワシとしたら泊まっていってもらいたいくらいなんやで？　そこは誤解せんといてな」

無意味にしか思えないフォローまでしてもらい、ますます申し訳なく感じながら高沢は、

「本当にありがとうございます」

と深く頭を下げつつ礼を言うと、早々に八木沼の組事務所を辞すことにした。

峰はこのまま残るということだったので、車には高沢が一人乗り込んだ。

「金さんの身の安全に関してはどうなんでしょう？」

危険が迫る可能性はないのかと今更心配になり、高沢は金に問うたのだが、

「私はもう、引退した身ですし、息子も私のことは眼中にありませんから」

大丈夫、と金は笑って高沢の心配を退けた。

「一応、俺も目を配っておくよ」

峰にもそう言われたので、案じながらも高沢は二人の言葉を信じることにし、帰路についたのだった。

「天気がよくてよかったですね」

三田村は高沢の心情を思いやった言葉をかけてくれたが、早乙女にその配慮はなかった。

「金子がいなくなろうがどうしようが、俺らには関係ないだろうによ。本当にあいつら、面倒ばっかりかけやがって」

『あいつら』の中には亡くなった三室もいる。もとより早乙女は三室が好きではなかったのだが、おそらく峰に何か言われたようで、今も三室を名指しで悪く言うことはなかった。しかし同じだ、と高沢は溜め息を漏らしたものの、指摘をすれば面倒なことになるとわかっていたので聞こえないふりをして流し、三田村に礼を言ってから話を振った。

「ありがとう。ところで先程八木沼組長宛に組長から電話があったが、こちらにも何か組から連絡があったか?」

「いえ。特には。組長の用件はなんだったのでしょう?」

三田村が不安そうに問いかける。

「俺へのフォローだと思う」

「手厚いですね」

ぼそ、と三田村が言葉を発したが、どうやら言うつもりはなかったようで、慌てて、

「すみません、なんでもないです」

と謝ってきた。

「別にいい。俺も手厚いと思ったしな」

高沢の言葉に三田村はますます恐縮し頭を下げた。

「本当に申し訳ありません……！」

「謝罪はいいから。それより当面峰は帰京しないことになると思う。彼なしで何か問題になることはありそうか？」

一応峰は、この高沢の世話をするチームのリーダーである。それで尋ねたのだが、先に答えを告げたのは助手席の早乙女だった。

「別に何も問題はねえんじゃねえの？　お出迎えやお見送りのときのあんたの服は俺がいれば事足りるし。あいつじゃないとできねえことって、特にないだろ？」

「峰さんは我々の取りまとめと組長への繋ぎですからね。俺は組長とはまともに話せませんが、そこを高沢さんが担ってくださるのなら特に問題はないかと」

はなから早乙女には期待していないことがわかる依頼に、高沢は笑いを堪え「わかった」と頷いた。早乙女は見るからに不機嫌な様子となったが、いくら組長を敬愛していても自分から話しかけに行くことは畏れ多すぎてできないようで、むっつり黙り込んでいる。

「あのぉ、聞かれてないですが、俺も問題ないです」

運転席から遠慮深く青木が声を上げる。

「当たり前だろうがよ」

八つ当たりよろしく、早乙女が怒声を張り上げるのに、萎縮させてどうすると高沢は呆れ、青木の声上げを拾って言葉を返した。

「ありがとう。暫《しばら》くは三人になるがよろしく頼む」

「はい！　頑張ります！」

青木が元気よく返事をする横で早乙女が、

「せいせいするわ」

と毒を吐く。

「早乙女は峰が気に入らないのか？」

気に入っているようには見えないが敢えて聞いてやると、早乙女は、

「別に」

と、むっとした口調のまま吐き捨てた。

「奥多摩から呼び寄せてもらった恩はあるけどよ。偉そうに色々指示されるとむかつくんだよ。あいつより俺のほうが組歴は長いんだぜ」

「なるほど」

不満の出所はそこなのか、と納得した高沢をちらと見やり、三田村が口を開く。

「高沢さんに馴《な》れ馴れしいからだろうが」

「う、うるせえ。誰がそんなこと言ったよ」

三田村の指摘に早乙女は明らかに動揺していた。

「自分たちにしか通じない話をタメ口でするのが不満だと、以前言っていたじゃないか」

「う、うるせえんだよ！」

組に入った順でも年功序列でも三田村のほうが上らしく、早乙女がそれ以上の汚い口調で喚き立てることはなかった。

「もと同僚だからな」

とはいえ自分のほうに記憶はないのだが、と心の中で呟きつつ告げた高沢に三田村が問うてくる。

「もと刑事ということもありますし、一度は裏切り者と思われていたのに、今や組長の厚い信任を得ているところが気に入らないと思っている組員は、早乙女以外にもかなりいます」

「そうだったのか」

自分の耳には入ってこないから知らなかったが、峰の評判もよくなかったのかと高沢は驚いていた。

「このチームのリーダーに収まっているのも、やっかみの原因の一つです。上手く機能しているから誰も口を出せないだけで」

「……なるほど……」

確かに峰がこのチームを編成してくれたおかげで、『姐さん』としての対面を保っていられているのは事実である。頷いた高沢を見て早乙女は、

「ほんと、むかつくぜ」

と悪態をついたが、それ以上峰を悪《あ》し様《ざま》に言うことはなかった。一方、と三田村にも聞いてみようと問いかける。

「三田村は？　峰に不満はあるか？」

「いえ、特には。チームに選んでくれたことに感謝していますし」

「もと刑事であることや、先程の裏切りについてはどうだ？」

三田村も早乙女くらいわかりやすいといいのだが。高沢が三田村から不満を聞き出そうとしたのは、峰への疑念がないかを確かめたかったからだった。自分の気づかないところで峰が疑わしい行為をしているのではと考えたのだが、三田村の答えからはそれを探ることはできなかった。

「もと刑事であることを最大限利用していますからね。主に情報関係で。なのでそこは何も……裏切りについては、組長の指示だと聞いていますから、それも特に何も」

「なんだよ、俺だってそれは聞いてたぜ。それでも心情的にむかつくんだよ。組長直々《じきじき》に指示を出したとなると特にな」

早乙女は相当むかついたらしく、怒声を張り上げている。三田村の回答が優等生的なものだからということもあるのではと、高沢は彼の本音を聞き出そうとした。

「早乙女のように心情的に、ということもないと？」

「あそこまで単純じゃありませんから」

「なんだと!?」

苦笑する三田村に対し、早乙女がますます憤ってみせる。

「あの……」

と、ここでまた青木がおずおずと声を上げたため、何事か、と高沢は彼に問いかけた。

「なんだ？」

「……実は俺も峰さんのこと、苦手にしてるんです」

「そうなのか？」

思わぬところから、と高沢は驚き、理由を問うてみることにした。

「どこが苦手だ？　何かきっかけはあったのか？」

「指示が的確なのは確かなんですけど、的確すぎてちょっと気持ち悪いというか……」

「先を読みすぎると、そういう意味か？」

優秀すぎるところが鼻につくといったことだろうか。確認を取ろうとした高沢に、三田村が違う解釈を口にする。

「ああ、なんとなくわかる。まるで彼が仕組んだのかと思うほど、先読みがぴたりと当たるんだよな。勿論仕組めるはずもないとわかってはいるんだが」

「そうなんです。気持ち悪いんですよ」

三田村の言葉に青木は全面的に賛成していた。やはり優秀すぎるということではないのかと思う一方で『彼が仕組んだのではないかと』という部分に高沢は引っかかりを感じ考えた。すべてというわけではなかろうが、実際、仕組んだものもあったのではないか。それを三田村や青木は敏感に感じ取り、違和感を覚えているのではないか。

「なんだよ、虫が好かないと思ってたの、俺だけじゃねえじゃねえか」

早乙女が嬉しそうな声を上げる。野生の勘という意味では最も優れているであろう彼の勘が信頼に足ることの証明となるかもしれない。帰京したらまず櫻内に峰に対する疑念を明かすことにしようと高沢は改めて心を決め、果たして櫻内はどのような反応を見せるだろうと想像を巡らせたのだった。


東京に帰り着いたのは夜遅い時間となった。長時間の車での移動で疲れ果ててはいたが、まずは櫻内に報告をと、出迎えてくれた若い組員に居場所を問うた。

「あね……高沢さんが戻ったらすぐ、部屋に来るようにと言付かってます」

しゃちほこばった様子で若い衆が告げるのに高沢は礼を言うと、『すぐ』ということだったので喪服のまま櫻内の部屋へと向かった。

「失礼します」

ノックをし、中に入る。

「八木沼の兄貴の言うとおり、お前の喪服姿はたいそう色っぽいな」

高沢を見て開口一番、櫻内が意味のわからない言葉を告げる。

「え？」

「疲れたか？」

意味を問うより前に、体調を問われる。

「ああ、少し」

「『少し』には見えないな。話は明日でもいいぞ」

気遣ってくれることを申し訳なく思い、高沢は「大丈夫だ」と頷くと、改めて櫻内の前で姿勢を正し口を開いた。

「実は峰について、相談があるんだ」

「相談とは？」

櫻内がすぐに問い返してくる。室内には二人しかいない。誰に聞かれる危険もないので、即切り出せるはずなのだが、ここにきて高沢は躊躇いを覚えてしまった。が、すぐに気を取り直すと、櫻内を真っ直ぐに見つめ己の胸にある疑念を明かすことにする。

「……峰がエスということはないだろうか？」

「……ほう」

それを聞き、櫻内は目を見開いたが、口元には笑みがあった。

「……もしや……」

まるで驚いていない。ということは、と高沢は櫻内を尚も見つめた。視線を受け、櫻内がふっと笑う。その表情の変化で高沢は己の考えが正しいことを確信した。

「既に疑っていたんだな？」

そして櫻内が疑うということは、と更なる確信が深まり、それが口から零れ出る。

「やはり峰はエスなのか……」

「気づいたきっかけは？」

来い、と櫻内が手を差し伸べながら問いかけてくる。差し出された手を取るのは高沢にとって既に条件反射となっていた。歩み寄り手を伸ばすと、櫻内は満足そうに微笑んで身を乗り出し、高沢の手を摑んでぐっと引き寄せる。

「……っ」

咄嗟《とっさ》のことであったのと、やはり疲労が重なっていたからか、踏みとどまることができずバランスを失い櫻内の上に倒れ込んだ。そのまま膝《ひざ》の上で横抱きにされた高沢に、額を合わせるようにして櫻内が再度問うてくる。

「それで？　いつ気づいたんだ？」

「……今回、神部が暴走したときに警察が来るのが早すぎるのではないかと思った。事故のあと、意識を失っている俺を連れて逃げることができたことにも不自然さを感じた」

「今回のことでようやく気づいたと、そういうことか」

くす、とまた櫻内が笑い高沢の目を覗き込む。

「遅いな。お前らしくない。それだけ峰が上手《うわて》だったということか」

「……遅い、か」

指摘どおりだ、と高沢は深く反省していた。峰が自分の前に現れてから随分な時が経《た》っている。同じボディガード同士、接点も多かったし、最近では自分の名を冠したチームのリーダーに収まっている。

なのに疑いを向けることがなかったのは確かに鈍すぎる。しかも藤田という『エス』を目の当たりにした上で、だ。

藤田とはまるで様子が違ったからというのは単なる言い訳だと溜め息をつきそうになっていた高沢は、額に櫻内の額が軽くぶつけられたことで我に返った。

「お前を落ち込ませたかったわけじゃない。エスがそうゴロゴロいるほうがおかしいんだ」

苦笑めいた笑みを浮かべ、櫻内がそう告げる。フォローしてくれているのかと気づくと同時に高沢は、あの櫻内が？　と戸惑うあまり、思わずぽかんと口を開け、彼を見上げてしまった。

「なんだ、その間抜けな顔は」

櫻内が噴き出し、また、こつ、と額をぶつけてくる。

「いや、その……申し訳ない」

まさにこれが『甘やかされている』ということなのではないか。明らかな失態であろうに、笑って許すだけでなく、フォローまでしてくれている。それで詫びると櫻内は、意外そうな顔になり、高沢を見下ろしてきた。

「詫びるようなことがあったか？　間抜けな顔と言ったことを詫びろと言うならわかるが」

「間抜けな顔だったんだろうから、別にそれは」

かまわないのだがと高沢が告げると、櫻内は珍しいことにまた噴き出しそうになったあとに、再度問いを発した。

「何を謝ったんだ？」

「甘やかしてもらっているのが申し訳ないなと」

「？」

会話が成り立たなかったらしく、櫻内が小首を傾げる素振りをする。美しい顔でそのような可愛らしい素振りをされ、高沢はついぼうっと見惚れてしまった。

「また間抜けな顔になってるぞ」

が、すぐに櫻内に笑いながら指摘され、我に返る。

「お前が『甘やかされている』と感じる基準がよくわからないな。何をそう感じたのか、教えてくれないか？」

櫻内が笑いながら問うてくる。

「峰を疑いもしなかったのは明らかに俺のミスなのに、エスがゴロゴロいるはずがないとフォローしてくれただろう？」

「……そこ、か？」

高沢の答えは櫻内にとっては予想外だったようで、目を見開いてみせたあとに彼は高く声を上げ、笑い始めた。

「面白すぎる。お前の感性は本当に俺を飽きさせない」

「……？？」

何がそうも彼を面白がらせているのか、当の高沢にはまったく理解できず、戸惑うしかない。呆然としていた高沢の様子に櫻内はすぐに気づいたらしく、

「ああ、悪い」

と、笑いながらそう告げたかと思うと、笑いを堪える素振りをしたが、またも笑い出して

しまった。

「ともかく」

暫く笑ったあと櫻内は、笑い過ぎたせいか潤《うる》んだ瞳で高沢を真っ直ぐに見つめ、喋り始めた。

「峰がエスなのは間違いない。奴はこれまで実に上手く立ち回っていたが、今回珍しく下手をこいたのはお前の身に危険が迫ったからだろう」

「俺を守ろうとしたということか？」

その理由は、と問いかけた高沢に櫻内が実にあっさり答えを口にする。

「お前の身に何かあれば、俺に殺されるとわかっているからだ」

「…………それは……」

冗談で言われたことではないのは、櫻内の淡々とした口調からわかる。しかもその『理由』は峰の行動の不自然さすべてを凌駕《りょうが》するものだった。

自分が囮になると言ったときに峰が酷く反対したことを思い出す。危険に身を晒すような状況は作りたくなかったと、そういうことか、と納得した高沢を見て、櫻内が満足そうに微笑んだ。

「俺がお前を大切に思っているということは理解しているようだな」

「あ……」

そういうことになるのか、と、改めて自覚したあと高沢は、どうして、と思わずにはいられなくなり首を傾げた。その様子から高沢の心情を余すところなく理解したらしい櫻内が、やれやれというような溜め息を漏らす。

「心許《こころもと》ない反応だな」

「しかし……」

自分が櫻内にとって——という以前に、誰かにとって大切な存在となるということ自体、理解に苦しむのだと告げようとした高沢だったが、その前に櫻内が横抱きにしたまま立ち上がったため、思わぬ高さに驚いたせいで櫻内にしがみついてしまった。

「可愛《かわい》いな」

それが存外櫻内を喜ばせたらしく、高沢にとっては謎でしかない言葉を告げたかと思うと、意気揚々と奥の扉へと向かっていく。

奥の扉は寝室へと繋がっていた。高沢を抱いたまま器用にドアを開くと櫻内は部屋の中央にあるベッドへと進み、シーツの上に高沢をそっと下ろし、のし掛かってきた。

「疲れているか？」

黒いネクタイに手をかけながら、櫻内がそう問うてくる。『疲れている』と答えたら、櫻内の手は止まるのか。三室の死の報を聞いたあと、櫻内は何もしないと告げ、部屋を出ていった。

疲れては――いた。車で東京から関西地区まで往復したのだ。疲労を感じていないはずはない。身体を休めたいという願望はこの上なく募っていたが、それでも高沢は頷くのを躊躇った。

櫻内は自分を抱きたいと願っている。彼を失望させたくない。望みのままに、と櫻内を見上げる高沢の耳に、もう一人の自分の声が響く。

相手ではなく、自身の願望だろうに。

「……っ」

それは的を射たとしかいいようのない指摘で、高沢の頭にカッと血が上った。

「どうした?」

黙り込んだまま答えを返せないでいた高沢を案じ、櫻内が問いかけてくる。

「俺に気を遣う必要はないぞ。何せ俺はお前を『甘やかしている』んだからな」

正しい意味で、と微笑むと櫻内は身体を起こそうとした。このままた、部屋を出ていこうとしているのかと察した高沢の口から、彼の願望が零れ落ちる。

「疲れてはいる……が、抱いてほしい」

その瞬間、櫻内が息を呑んだのがわかった。

「あ……」

願望ではあった。が、言葉として表現するとあまりに赤裸々で、羞恥を覚え高沢は顔を伏せ、櫻内から目を背けようとした。が、一瞬早く櫻内の手が頬へと伸びてきて上を向かされる。

「本当に、お前には日々、驚かされるよ」

微笑む顔は美しく、かつ優しげで、女神のような、という言葉が高沢の頭に浮かぶ。

女神どころか、悪魔よりも猛々《たけだけ》しい男の本性など知り尽くしているはずなのに、と己の思考に戸惑いを覚える高沢の唇を櫻内が獰猛なキスで塞ぐ。櫻内の手がせわしなく蠢《うごめ》き、喪服を剥《は》ぎ取っていく間、肌と肌を合わせたあとの行為を予測し己の身体の熱が高まってくることを、今、高沢ははっきりと自覚していた。

5

あっという間に全裸にされたあと、同じく服を脱ぎ捨てた櫻内《さくらうち》が高沢《たかざわ》に覆《おお》い被《かぶ》さってくる。目の端を過《よぎ》った、彼の雄が既《すで》に勃《た》ちきり、腹につきそうになっているさまに、高沢は我知らずぬうちにごくりと唾《つば》を飲み込んでしまっていた。

まさに『生唾』かもしれないと、気づいて羞恥《しゅうち》を覚えたのがわかったのか、櫻内はニッと笑ったあとに揶揄《やゆ》しようとしたらしく口を開きかけた。が、すぐ、ふっと笑うと何も言わず、高沢の首筋に顔を埋《うず》め、強く肌を吸い上げてきた。

「ん……っ」

チリ、と微《かす》かな痛みを覚えたが、櫻内の手が胸を這《は》い始めると、乳首を弄《いじ》られることへの快感にその痛みはあっという間に紛れていった。

櫻内は高沢の肌に吸い痕《あと》を残すのを好む。しかも敢《あ》えて見える場所につけたがる傾向にあるので、高沢の首筋や胸元、足の付け根から腕の内側にいたるまで、紅《あか》い痕が見られない日はなかった。今日も櫻内は執拗《しつよう》に高沢の肌を吸い、所有の証を刻んでいく。

「や……っ……ん……っ……」

胸板を掌《てのひら》で軽く擦《こす》り上げられただけで高沢の乳首はすぐに勃ち上がり、より強い刺激を期待する彼の腰が淫《みだ》らに捩《よじ》れる。当然、己がそのような動きをしている自覚は高沢にはないのだが、櫻内に満足げに微笑《ほほえ》まれ、彼の視線を追って己の腰の捩れに気づく。

「う……っ」

羞恥が込み上げ、堪《たま》らず呻《うめ》く。が、櫻内が高沢の胸に顔を伏せ唇で、舌で乳首をいじめながら、もう片方を指先で強く摘《つ》まみ上げるうちに、羞恥もまた快感に紛れていった。

「あ……っ……ん……っ……んふ……っ……あぁ……っ」

全身性感帯といっていい感度の持ち主ではあるのだが、殊更に乳首は弱く、舐《な》められ、吸われ、時に歯を立てられるという間断ない刺激に、高沢の息はあっという間に上がり、噛《か》み締めていた唇からは堪《こら》えきれない喘《あえ》ぎが漏れ始めてしまっていた。

じんわりと肌が熱を帯びていく。鼓動は高鳴り、血液が物凄《ものすご》い勢いで血管内を流れていくドクドクという音が頭の中に響き渡る。

「や……っ……あ……っ……あっ……」

乳首を軽く噛まれると同時に、もう片方を抓《つね》り上げられる。強い刺激を受け、高沢の口から高い声が漏れると同時に、彼の背は大きく仰《の》け反《ぞ》った。

自然と彼の両脚は開いていっているが、本人は気づくことがない。櫻内は当然すぐに気づいたようで、高沢の胸から顔を上げ、ふっと笑ったかと思うと——それに気づく余裕は高沢にはなかったのだが——身体《からだ》を起こし、高沢の両脚を更に開かせて膝を立たせると、下肢《かし》に顔を埋めてきた。

「あ……っ……あぁ……っ……あっ……あっ」

勃起《ぼっき》しかけた雄を口に含まれ、高沢の上げる声が高く、切羽詰まっていく。疲れ果てていたことなど今や頭からも身体からもすっかり失《う》せていた。

「もう……っ……あぁ……っ……もう……っ……」

早くも高沢の雄は勃ちきり、櫻内の口の中で爆発しそうな状態だった。後ろには櫻内の繊細な指が二本既に挿入されていて、絶え間なく中をかき回し続ける。

先走りの液が滴《したた》るそこを硬くした舌先で抉《えぐ》られ、今にも達しそうになると、根元をぎゅっと握られ射精を阻《はば》まれる。前への、そして後ろへの執拗な愛撫《あいぶ》に、高沢の意識は朦朧《もうろう》となり、シーツの上で身悶え、高く喘ぎ続けた。

「もう……っ……いく……っ……いかせて……っ……くれ……っ」

こうも直接的な願望を口にしている自覚も勿論《もちろん》ない。快感を受け止めきれずに捩れる腰を押さえ込み、口淫《こういん》を続ける櫻内の黒曜石のごとき美しい瞳《ひとみ》が楽しげに細められていることにも気づくはずもなく、いけそうでいけない状態が延々と続くこの状況に耐えかね、助けてほしい、という思いから無意識のうちに櫻内の髪を摑《つか》む。それで顔を上げた櫻内と目が合ったことで、ふと我に返った。

「あ……」

黒髪を乱したのは自分かと気づき、慌てて摑んでいた櫻内の髪を離す。

「かまわない」

櫻内は高沢を口から出してふっと笑うと、身体を起こし、高沢の両脚を抱え上げた。

「……っ」

指を失ったうしろが収縮し、もどかしいとしかいえない感覚に高沢の身が捩れる。

「喪服にあてられて苛《いじ》めすぎたか」

苦笑した櫻内が高沢の両脚を抱え直すと、わなないているそこに己の雄の先端を押し当てる。ずぶ、と先端がめり込んできたとき、待ち侘《わ》びていたものが与えられた嬉《うれ》しさに、高沢は自然と微笑んでいた。

「……っ」

櫻内が息を呑《の》み、彼の動きが一瞬止まる。

「?」

得られるのではなかったのかと、高沢が櫻内を見上げたのも自覚があってのことではなかった。櫻内が苦笑し、ぼそりと呟《つぶや》く。

「反則だろう」

「……え？」

何を言われたのかと、思考が戻りそうになっていた高沢を見下ろし、櫻内はやれやれというように肩を竦《すく》めたあと、やにわに腰を突き出し、一気に高沢を貫いた。

「……うっ」

内臓がせり上がるほど奥深いところに雄を突き立てられ、高沢の呼吸が一瞬止まる。だが彼の息は直後に始まった激しい突き上げを受け、すぐに喘ぎと共に吐き出されることとなった。

「あ……っ……はぁ……っ……あっあっあっあっあっあっ」

二人の下肢がぶつかるたびに、空気を孕《はら》んだパンパンという高い音が高沢の喘ぎと共に響き渡る。絶頂間際まで追い詰められていた高沢を櫻内は激しい突き上げで一気に快楽の頂点へと追い立てていった。

「あぁ……っ……もう……っ……あ……っ……もう……っ……」

心臓が破裂しそうなほどに鼓動が高鳴り、喘ぎすぎて息苦しさすら覚えている。頭の中では極彩色の花火が何発も上がり、やがて目の前が強い光で真っ白になっていく。

「もう……っ……あぁ……っ……もう……っ……」

限界だ、と薄れる意識の中、心の中で呟いた声が聞こえたのか、櫻内の手が高沢の脚を離したかと思うと、二人の腹の間で張り詰めていた高沢の雄を握り、一気に扱《しご》き上げてくれた。

「アーッ」

直接的な刺激を受け、高い声を上げながら高沢は達すると、白濁した液を櫻内の手の中にこれでもかというほど放っていた。

「……っ」

射精を受けて高沢の後ろが一気に締まったことで櫻内も達したようで、低く声を漏らすのが聞こえたと同時に、後ろにずしりとした精液の重さを感じ、高沢の胸をも満たしていく。またも自然と微笑んでしまっていた高沢の耳に櫻内の苦笑が響く。

「……手加減してやれなくなるじゃないか」

「……え……?」

何を言われたのか、己の乱れる呼吸音が邪魔をし聞き取れなかったため、高沢は櫻内を見上げ、問いかけた。

「……これ以上煽《あお》るな」

上目遣いとなったことへの指摘だったが、高沢に理解できるわけがなく、首を傾《かし》げる。その仕草も櫻内には可愛《かわい》く感じられるらしく、まったく、というように微笑んだあとに、汗で額《ひたい》に貼り付く髪を掻《か》き上げてくれながら、あまりに優しいキスを高沢の額に、頬《ほお》に落としてくれたのだった。

高沢の呼吸が落ち着いたあと、いつもであればもう一度、となるところを、櫻内は高沢の身体を抱き直し、寝やすい体勢を整えてくれた。

疲れ果てていたところへの激しい行為のあとで高沢は睡魔に襲われ、今にも眠り込みそうになっていた。

「ああ、峰《みね》のことだが」

と、耳元で櫻内の声がし、その名を聞いて高沢の眠気は一気に吹き飛んだ。ぱち、と閉じかけていた目を開き、櫻内の言葉を待つ。

「早急に呼び戻し、組の式典を仕切らせる予定だ」

「……え……？」

咄嗟《とっさ》には理解できなかったのは、櫻内の言葉が意外すぎたからだった。

「……峰はエスの疑いがあるのに、これまでどおり仕事をさせるのか？」

櫻内もまた峰を疑っているのであれば、呼び戻したあとにすぐに尋問するのではと考えていた。『違う』ことをいかにして証明するのか。できなければ峰は死ぬことになるだろうと、そこまで考えていたというのに、櫻内はどういうつもりなのかと問い返した高沢の声は、櫻内に対するものとは思えないほど激しいものとなっていた。

「あ……」

いくら『甘やかされて』いようとも、さすがに怒りを買うのではと我に返った高沢が思わず息を呑む。それを見て櫻内は楽しそうに笑うと、高沢の髪を梳《す》き上げて額を出させ、そこに唇を落としてきた。

「話してなかったからな。お前が不思議に思うのも無理はない」

怒らない――優しい口調にはどうしても違和感を覚えてしまう。しかし口調に対する違和感よりも、と高沢は櫻内の意図を尋ねようと身体を起こそうとした。気づいた櫻内が手を貸し、起こしてくれる。

「ありがとう」

「はは。顔が怖いぞ」

櫻内が笑いながら顔を覗《のぞ》き込んでくる。

「なぜ、峰にこれまでどおりの仕事をさせるんだ？」

理由が少しも思いつかない。唯一思いつくのは自分に見張らせるつもりではということだがと、疑問を覚えつつ問いかけた高沢は、櫻内の答えに愕然《がくぜん》としたあまり声を失ってしまったのだった。

「峰は今後寝返らせて逆スパイにするつもりだ。そのためにも当面、泳がせる。そういうことだ」

「……っ」

逆スパイ。予想もしない単語が出たことに愕然としていた高沢に、櫻内はさも自明のことを言うかのような淡々とした口調で話し続けた。

「今回の件で峰は、自分が怪しまれるのではと案じているはずだ。だから敢《あ》えてそこに大役を振る。油断させるためもあるが、自分にとってよりうまみがあるのはどちらか、考えさせるいい機会になるはずだ」

「……峰は警察を裏切ると想定しているんだな？」

目算があるからこその計画だろう。果たして峰はどう出るのか。高沢には判断がつかず、櫻内に確認を取る。

「誰でも命は惜しいだろう」

「しかし……」

警察は裏切っても峰を殺すことはすまいが、菱沼《ひしぬま》組は確実に命を奪う。生きるためにはどちらをとるかとなったら迷いなく警察を裏切り菱沼組につくに違いない。

しかしもし峰の正義感が人並み外れていたら、逆スパイの依頼を断る可能性もある。とはいえ高沢には、峰がどういった倫理観の持ち主かといったことはわからなかった。峰とは一緒にいる時間も長いし、話をすることもよくある。頼りにしてはいるが、だからといって彼の何を知っているかと考えた場合、何も知らないとしかいえなかった。

家族構成も知らなければ出身地も交友関係も、それこそ趣味も嗜好《しこう》も何一つ知ることはない。理由は簡単で、今まで興味を持ったことがなかったからだが、それは峰に対してだけではなく、他の誰に対しても同じだった。

早乙女《さおとめ》すら、家族構成など知らない。櫻内に心酔しているのと、弟分に対してハートフルというくらいだが、それだけのことを知っているのは共に過ごした時間が長いからだった。

三田村《みたむら》や青木《あおき》については何も知らないといっていい。

更に言えば、櫻内に関しても知っていることは多いとはいえない。両親やきょうだいについて、一度でも尋ねたことがあっただろうか。

今更すぎる気づきに高沢は愕然としてしまったあと、そんな場合ではなかったと己を取り戻した。今は峰についてだ、と気持ちを切り換え櫻内を見やる。

「ともかく」

目が合うと櫻内は微笑みながらそう、話し始めた。

「お前は何もしなくていい。『気づいている』ことを悟られないよう、それだけは気をつけること。いいな?」

「……ああ……」

わかった、と頷《うなず》きはしたが、釈然としない思いは残った。それが顔に出たのか、櫻内が近く顔を寄せ、問いかけてくる。

「なんだ？　不満か？」

「不満というよりは……」

不可解なのだ、と高沢は答えかけ、己が何を不可解と感じているかに気づいた瞬間、慌てて踏みとどまった。

「なんでもない」

峰がエスであるとわかった時点で彼の命は失われると思っていた。櫻内であれば当然そうするだろうと考えていただけに意外だった。しかしそれはあたかも自分が峰の死を望んでいるかのようではないかと気づいたため、高沢は告げるのを躊躇《ためら》ってしまったのだった。

「そうか？」

今までの櫻内なら何が不可解なのかを問い詰めてきただろうに、『甘やかす』と宣言したあとには高沢のすべてを受け入れようとでもいうのか、何も問うてくることはなかった。そういうところも不可解なのだ、と高沢は密《ひそ》かに溜《た》め息《いき》を漏らす。

「他に聞きたいことがないのなら」

櫻内がそう告げながら、高沢を再び胸に抱き寄せつつ、横たわる。寝ろ、ということかと察し、高沢は大人《おとな》しく従ったのだが、胸には自身にも説明のできない、もやっとした思いが立ちこめていた。

なんだろう。違和感というのとも違う。やはり『不可解』が相応《ふさわ》しい表現だとは思うのだが、なぜこうもひっかかりを感じるのだろう。

櫻内は峰がエスである確信があるようである。わかった上で寝返らせようとしている。可能か否《いな》かはさておき、峰が生き延びるためにはそれしか道はないだろう。

峰は命の恩人でもあるし、そもそも高沢は誰であろうと死を望まない。なので峰には二重スパイを引き受けてもらうというのが最も好ましい未来だというのに、なぜか素直にそう思えないのである。

未《いま》だに自分は警察の人間のつもりでいる——ということは間違ってもなさそうだ。では一体、何を気にしているのだろう。

自分で自分の心理がわからないなど、愚の骨頂といえよう。しかしこのような気持ちに陥ったことがないため、まるで見当がつかない、と高沢はまたも溜め息をつきかけ、櫻内に気づかれることを気にして堪えた。

それにしても、と改めてこれからのことを考える。櫻内は峰を早々に呼び戻すと言っていた。櫻内の命令は絶対であるから、峰は明日にも帰ってくるだろう。彼に対し、今までどおりの態度を取る必要があるが、峰も馬鹿《ばか》ではない。不自然な部分があれば当然気づかれてしまう。

気を引き締めてかからねば、と心の中で呟いていた高沢に櫻内が、あたかも『心の中』を覗いたかのようなタイミングで言葉をかけてくる。

「これから俺もお前も忙しくなる。峰にかまっている時間もなくなるくらいにな」

「……わかった」

案ずる必要はない。そう言ってくれているのではないか。こうもわかりやすい気遣いにはやはり違和感を覚える。が、胸の辺《あた》りにじんわりとした温《ぬく》もりが宿ったのもまた、高沢は感じていた。

嬉しい――のだろうか。櫻内に気遣われるのが。他人とのかかわりで喜怒哀楽を覚えることがまず、高沢にはなかった。酷《ひど》い扱いをされても、不快、程度には感じるが、怒りを覚えるほどではない。それは別に高沢が寛大だからというわけではなく、相手に対する興味が薄いからだった。

彼にとって唯一興味を持つことができたのは射撃だった。思うように銃《じゅう》が撃てれば嬉しく感じるし、調子が悪いときには沈んだ気落ちにもなる。射撃以外に感情が揺さぶられることも物も、そして人も存在しなかったというのに、なぜ櫻内の気遣いには『嬉しい』という気持ちとなるのだろうか。

答えなど、万人が正しく当てることができる簡単な疑問だったが、高沢だけは正解に気づけずにいた。胸の温かさに誘われたのか眠気も襲ってきて、そのまま櫻内の腕の中で目を閉じる。

この先のことを考えると不安しかない。なのになぜ今、こうも安らいだ気持ちになっているのか。その疑問に対する答えを見出《みいだ》せないまま高沢は眠りについたのだが、その答えはすべて一つのことを指しているのと彼が気づくのにはもう暫《しばら》くの時を要することになった。

翌日、櫻内の命令で峰は金子《かねこ》の探索を切り上げ、早速松濤《しょうとう》の屋敷へと参上した。

「このたびは申し訳ありません。八木沼《やぎぬま》組長にも多大なご迷惑をおかけすることになってしまいました」

「金子に関しては八木沼の兄貴に任せておけば間違いないから案ずるな。逆に兄貴から詫《わ》びが入ったぞ。金子を逃した責任は岡村《おかむら》組にあると」

「……はい……」

峰は頷いたものの、未だ金子の追跡に気持ちを残しているのは表情からわかった。しかしなぜなのかと高沢は密かに心の中で首を傾げた。

責任感だろうか。しかし峰が責任を感じるのにはやや違和感がある。三室《みむろ》絡みだからか。峰もまた三室に対しては恩義を感じているから――?

それとも金子の行方《ゆくえ》を自分で捜したい理由があるのか。金子から何か聞き出したいことがあるとか?　考え込んでいた高沢は、ソファの隣に座っていた櫻内に肩を抱かれ、はっと我に返った。

「峰にはコレのお披露目を任せたい。呼び戻したのはそのためだ」

「えっ」

峰が驚きの声を上げる。が、驚いたのは峰だけではなかった。高沢もまた驚き、櫻内に問いかけてしまった。

「お、お披露目？」

昨日ベッドの中で、峰には式典を任せると言ってはいたが、まさか自分に関するものとは考えていなかった。お披露目など初耳だ、と高沢は櫻内を見やったのだが、櫻内は高沢の視線を受け止めた上で、にっこりとそれは華麗に微笑んで寄越した。

「姐《あね》さんであることを大々的に知らしめたいと、前々から言っていたじゃないか」

「いや、無理だ」

未だ、自分に対して不満を抱いている幹部もいるとわかっているのに、と高沢は慌てて櫻内にそれを思い出させようとした。

「いらぬ反発を買う恐れがある。それにそもそも俺は男で、『姐さん』には無理がある」

「まだそんなことを言っているのか」

しかし櫻内は高沢の言葉を聞き入れるどころか呆《あき》れてみせ、高沢を愕然とさせた。

「大々的というと、具体的にはどのような……付き合いのある組の幹部を招待するといったことでしょうか」

峰が緊張した面持ちで櫻内に問いかける。

「ああ。八木沼の兄貴は必須だ。まあ、兄貴ならコレのお披露目と聞けば万難を排して駆けつけてくれるだろう。あとはそうだな。東北の青柳《あおやぎ》組長も呼ばれたがるだろうな」

ふっと、何を思い出したのか、櫻内が笑う。

「お二人のファンだと公言していらっしゃいますしね」

峰も納得したように頷いたあと、意味がわからず戸惑っていた高沢へと視線を向けてきた。

「……っ」

峰と目が合ったことで、高沢に動揺が走ったが、それを態度に出すことはなんとか堪えることができた。

「式典的なものにしますか？　姐さんのお披露目といったものは私には経験がなく……そもそも組長や組幹部のお披露目も経験はないのですが」

峰が考え込みつつ問いかけてくる。

「前例は特に気にする必要はない。コレが最も輝くようなお披露目の場を考えてくれればいい」

「もっとも輝く……」

峰が考え込む様子となる。

「俺が？　輝く？」

もともと光ってないものをどうやって輝かせるというのか。無理だ、と、またも首を横に振った高沢をチラと見やったあと峰が、何か思いついた顔になる。

「射撃を見せるのはどうですか。射撃練習場でしたらかなりの人数を招待することができます」

「射撃練習場か。いいじゃないか」

櫻内が満足げに頷く。

「ではその方向で進めます。姐さん、当日のパフォーマンスについてはおいおい相談させてください」

「……あ、ああ」

頷きはしたが、高沢の戸惑いは未だ継続していた。

「日程はそうだな。ひと月後にしよう。期待しているぞ」

「はっ」

上機嫌で告げる櫻内に、峰が畏《かしこ》まって答える。

「招待先のリストができたら見せてくれ。式次第もな」

「かしこまりました！」

峰が姿勢を正し、深く頭を下げる。峰を呼び戻すとは聞いていたが、そうした目的のためとするのか、と高沢はただただ、戸惑っていた。

お披露目――？　姐さんとしての？　無理に決まっている。しかもそれを仕切るのが峰だという。波乱の予感しかない。

櫻内は一体何を考えているのだろう。これもまた峰を逆スパイにする作戦の一つということだろうか。

どうやって彼を寝返らせるのか。その作戦は自分とも共有してもらえるのか。聞いてみたいが今はそのときではない。目を伏せた高沢は、耳元で櫻内に囁《ささや》かれ、耳朶《じだ》に感じる彼の息に、ぞわ、という感触を得ることとなった。

「射撃については何も心配していないからな。容姿も磨いておくといい。その辺は早乙女が力を尽くしてくれるだろう」

「そうですね。彼にも組長が期待していると伝えておきます。さぞ張り切ることでしょう」

峰が笑顔でそう告げ、高沢へと視線を送ってくる。

「頼む……」

櫻内の目的は勿論のこと、自分の『お披露目』となるのであれば、主導する峰の協力あってこそのものとなる。彼への疑念は一旦、脇《わき》に置いておくしかない。頭を下げた高沢の耳に峰の畏まった声が響く。

「お任せください。姐さんをこの上なく輝かせますので」

「あ……りがとうございます」

相手が畏まっているのなら、同じように返す。それが高沢が最近身につけた『処世術』だった。人からの評価になど無関心だった彼だが、自分の行動が櫻内にとってマイナスになるようなことは避けたい。その願いから慣れない処世術を学ぶようになった。

気を遣わずに接することができるのは、付き合いの長い早乙女と、あとは峰くらいだったのだが、この先は早乙女一人になりそうだと高沢は密かに溜め息を呑み込んだ。

「それでは失礼いたします」

峰が一礼し、部屋を出ていく。

「まあ、その調子で頼む」

櫻内が抱いていた高沢の肩をぽんと叩く。

「……それより、お披露目ってなんなんだ？　聞いていないんだが」

問わずにはいらず、高沢は櫻内に向かい身を乗り出した。

「いい機会じゃないか。重要な役目を請け負わせ、信頼されていると思い込ませる。峰を油断させるのが目的だ」

「にしても、お披露目はない。俺は姐さんにはなれない」

「はは。今更だろう。八木沼の兄貴も青柳組長も、お前を『姐さん』と認めている。八木沼の兄貴からは岡村組の『婦人会』に招待もされていただろう？」

櫻内がさも可笑《おか》しくてたまらないというように笑い、高沢の髪を撫《な》でてくる。

「大々的なお披露目となれば、組内からの反発もあるはずだ」

「あるか。そんなもの」

「ある」

「俺より組のことを理解しているとでも言うつもりか？」

「……っ」

櫻内は笑顔だったし、不快に感じている素振りはまるで見せていなかったが、それでも言われた内容には緊張せずにはいられず、高沢は思わずその場で固まってしまった。

「冗談だ」

櫻内が苦笑しつつ、顔を寄せてくる。

「お前は自己評価が低すぎる。謙遜《けんそん》は別に美徳ではないぞ」

「謙遜しているつもりはないんだが……」

事実でしかないというのに、と高沢が告げるのを聞き、櫻内は、やれやれというように溜め息を漏らすと、ぐっと高沢の肩を抱き寄せてきた。

「……っ」

唇同士が触れそうになるほど近くに顔を寄せられ、どき、と高沢の鼓動が高鳴る。

「峰に任せておけばまあ、安心だろう」

「……え？」

聞き違いだろうかと、高沢は思わず問い返してしまった。

「バランス感覚に優れているからな」

櫻内は言葉を続けたが、そこには峰がエスであるという事実はまるで見出せない、と高沢はまじまじと櫻内の顔を見てしまった。

「ん？」

櫻内が瞳を細めて微笑み、高沢の顔を覗き込んでくる。

「……いや……大丈夫なのか？　峰に任せて」

「峰以外に適任はいないだろう？」

「しかし……」

本当に大丈夫なのかと高沢は今更ながら不安を覚えずにはいられなかった。

お披露目には八木沼組長や青柳組長を招くという。もしも峰が『エス』としての役割を果たすつもりであれば、そこに警察を踏み込ませる可能性がないとはいえない。否、まさに岡村組、菱沼組、そして青柳組の組長を一気に逮捕できるチャンスともなり得る。場所が射撃練習場となれば、銃刀法違反での逮捕は免れない。なのに櫻内は峰を信頼し、任せるつもりであるという。

櫻内が読み間違いをするはずがないので、そのようなことは起こり得ないかもしれない。それでも案じずにはいられない。言葉を途切れさせた高沢の額に櫻内が額をぶつけてくる。

「楽しみだな」

「…………」

やはり櫻内は峰を全面的に信用しているようである。自身の胸がざわつくのはなぜなのか、高沢には己の心理を解きほぐすことができなかった。

6

高沢のお披露目について、その日から『チーム高沢』は非常に慌ただしくなった。特に峰は時間がいくらあっても足りないようで、高沢はほぼ、彼と顔を合せることがなかった。

「お披露目って、何するんだよ？　どういう服を用意すりゃいいんだ、畜生。何着いる？　テイストはどういったものがいいんだ？」

中でも早乙女の張り切りぶりは凄《すさ》まじく、朝から晩まで服の話ばかりしかけてくる。相手をするのは疲れるので、高沢は当日の式次第にあった射撃のパフォーマンスについて考えるという名目で一人地下の射撃練習場に籠《こ》もることにした。

自分が射撃しているところを見せることがパフォーマンスになるのだろうか。よく射撃訓練に参加している組員たちに手伝ってもらうのはどうか。集団のほうが見栄えはするだろうしと考えつくも、具体的に何をするかとなるとまるで思いつかない。

そもそも『姐さんのお披露目』がどういったものかもわかっていない。わかっていないといえば、『お披露目』された自分を来賓たちがどのような目で見るかということもわかっていない、と高沢は一人溜め息を漏らした。

八木沼や青柳は好意的な目を向けてくれるだろうが、他の、特に菱沼組二次団体の組長たちは自分を姐さんと認めていないのではと高沢は案じていたのだった。

櫻内組長の意向に表立って刃向かう人間はいないだろうが、不満は募るはずである。幹部たちからの当たりは相変わらずきついと感じているので、マイナス感情を抱《いだ》かれているのは確実だ、と高沢は幹部たちの自分を見る目を思い起こした。

気持ちはわかるだけに、彼らに対して思うところはなかった。自分への不満が櫻内への不満へと育つことがない限り、結果、組の運営に支障が出るようなことがなければ、どう思われていようが気にはならなかった。オリンピック選手候補に挙がりそうになったことで、警察内での妬《ねた》みそねみもかなりあったが、他人の感情に興味を持てない高沢にとってはどうということのないものだった。

なのにこうして他人の目を気にし、どうすれば自分を嫌っている相手の神経を逆撫でしないような行動が取れるのかを考えている。不思議なものだと溜め息をついたそのとき、インターホンから聞き覚えのある声が響いてきた。

『高沢、ちょっといいか？』

地下の射撃練習室は防音装置が完備されているため、中に声をかけるときにはインターホン越しとなる。画面を見るまでもなく外にいるのは峰とわかり、高沢の緊張が高まった。

ドアを内側から開いてやり、峰と久々に顔を合わせる。

「大丈夫か」

なんと声をかければ不自然ではないかと考えていた高沢だったが、窶《やつ》れ果てた峰の顔を見た瞬間、その言葉が自然と発せられていた。

「ああ、もう二徹だ」

休ませてくれ、と苦笑しつつ峰が部屋に入ってきた。備え付けの冷蔵庫からミネラルウォーターのペットボトルを取り出し、壁際のソファに座ってキャップを開ける。

「忙しいんだな」

「ああ。でもようやく一段落だ。招待客のリストが仕上がった。まあこの後、席次はどうするかといった問題が控えているんだが」

水を一気飲みしたあと、峰はやれやれというように苦笑しつつ、前に立つ高沢にそう告げ、自分の隣を目で示した。座れということは話が長くなるのかと思いながら、高沢は彼の隣に腰を下ろす。

「二次団体、三次団体の数が半端なく多い上に序列についても調べないといけないから、苦労したよ。幹部連中にも随分助けてもらった。おかげで菱沼組内の勢力図を学べたから、今後の役に立つのはまあ、ありがたかったがな」

お前のフォローをするためにもな、と峰に笑いかけられ、高沢は内心どきりとしたが、なんとか動揺を押し隠した。

「……そうか」

しかし返事のしようがなくて曖昧《あいまい》に頷く。とはいえこれはいつものことなので峰は疑念を持つことなく、

「まあ、任せてくれ」

と笑っていた。

「ここにはサボりに来たわけじゃないんだぜ。式次第についてだ。どうせお前のことだから、『パフォーマンス』といわれても、と、途方に暮れてるんじゃないかと思ってな」

「そのとおりだ。若い組員たちの手を借りて派手にやるのはどうかということくらいしか思いつかない」

高沢の言葉を聞き、峰がまたも苦笑する。

「『派手』は正解だが、人数がいればいいというものでもないしなあ」

「ダメか」

一列に並んで一斉に撃つといったことを考えていたのだが、と高沢が言うと峰は、

「それより」

と彼の案を告げ始めた。

「お前が最高に輝く瞬間は射撃だからな。命中率一〇〇%というところを見せてやるのはどうかと考えた。お前の実力を見せつけてやるんだよ」

「一〇〇%は……出そうと思って出せるものでもないんだが」

以前、その数値を叩《たた》き出したことはあった。確か藤田《ふじた》に持ちかけられた対決のときだったか。しかしあれはたまたまで、と告げようとした高沢の肩を峰がぽんと叩く。

「一〇〇に限りなく近い数値が出ればいい。お前は緊張とは無縁だから大丈夫だ」

「………」

確かに銃を持っているときに緊張したことはない。人に向けて撃つならともかく、動かない的に向かって発射するのに緊張も何もない、と頷く高沢を見て峰が笑う。

「普通は緊張するんだけどな。鋼のメンタルの持ち主だよ、お前は。だからオリンピック選手候補にもなったんだろう」

「そんなことはない。緊張はするよ」

刑事だった頃、高沢はよく躊躇《ちゅうちょ》なく拳銃を撃つと陰口を叩かれていた。射撃は好きだが必要なく抜いたことは一度もないと断言できる。殺傷能力の高い拳銃を人に向けて撃つのに緊張しないわけがないと、高沢は一応の訂正を試みた。

「今回は人相手じゃないから大丈夫だろう？」

すべてを言わずとも峰には高沢の心情などお見通しらしく、ニッと笑ってそう告げるとまた肩を叩いてくれる。

「ウイリアム・テルよろしく、誰かの頭の上のリンゴを撃ち落とすとかも考えたんだが、それよりシンプルに命中率を示すほうが効果的じゃないかと思う。音がうるさいから、皆は観覧席から見てもらうことにするが、それでどうだ？」

「いいと思う……あ」

一つ気になるとすれば、と高沢が思いついたことを峰は言うより前に指摘し答えてくれた。

「命中率を捏造《ねつぞう》していると思われないために、的の映像を表示するつもりだ。まあ、お前の銃の腕前は皆わかっているだろうから、そこまでする必要はないんだが、一応な」

「……ありがとう」

さすがだ、と高沢はほとほと感心していた。優秀であることこの上ない。峰がいなければお披露目行事の計画は何一つまともに進まなかったに違いない。しかし、と改めて高沢は櫻内の言葉を思い出していた。

峰を逆スパイにする。なぜ、と疑問を覚えていたが、この有能さを買ってのことかと今更ながら納得する。

それにしても櫻内にそこまで認められるとは、と、感心していたはずの高沢は、己の胸にもやりとした感情がまたも湧《わ》き起こってくることに疑問を覚え、眉《まゆ》を顰《ひそ》めた。

「なんだ？　他にも気になることがあったか？」

峰に問われ、自身の表情に気づいた高沢は、慌てて眉間《みけん》の縦皺《たてじわ》を解くと首を横に振った。

「特にない。ただ、当日を思うと頭が痛いだけで」

「はは。お前は目立つことが嫌いだもんな」

幸い、峰には不審がられなかったらしく、慰めの言葉をかけてくる。

「組長がかなり張り切っているから。派手派手しいものになるのは間違いない。パフォーマンスよりも宴席のほうがお前にとっては負担になりそうだが、ま、頑張れ」

「宴席か……」

確かに憂鬱《ゆううつ》だ、と顔を顰《しか》めた高沢の肩を再び峰がぽんと叩く。と、インターホンから三田村の声が響いてきて、二人の意識はそちらに向くことになった。

「高沢さん、今、よろしいですか？」

「三田村はその宴席担当だが、何か問題があったのかね」

峰が眉を顰めつつ立ち上がり、ドアへと向かう。

「峰さん、いらしたんですね」

ドアを開いた彼を見て三田村は少し驚いた顔になった。

「ああ。姐さんと当日のパフォーマンスの打合せをしていた。宴席の件か？」

峰の問いに三田村が「いえ」と首を横に振る。

「八木沼組長から大量の衣装が届いたのでお知らせに。早乙女が青ざめてます。プランを立て直さねばならないと」

「八木沼組長から？」

祝いの品ということだろうか。祝いを前もって贈るというのは風習か何かかと戸惑いの声を上げた高沢の心を、またも峰は読んだ上で答えを口にした。

「お祝いということではないだろう。衣装は組長と揃《そろ》いのものなんじゃないか？　式典に是非着てほしいと、そういうことなんじゃないかな」

「そうなんです。しかしその量がなんというか……半端なく多くて」

「え」

「さっき門の前にいた2トントラックが関西ナンバーだったな、確か」

峰の顔が引き攣《つ》っている。

「はい。一台分の荷物すべてが衣装や小物で……」

「……え？」

冗談としか思えなかったが、青ざめる三田村の顔がそれを真実と物語っていた。

「……組長はなんと……？」

当然、報告はいっているだろう。それで問いかけた高沢の前で三田村が困り切った顔のまま答える。

「『兄貴にも困ったものだ』とおっしゃっただけで特になにも……と聞いています」

「……そうか」

「荷物は既に別室に運び込まれています。一緒に来てもらえますか？」

「わかった」

「俺も行こう」

高沢は頭を抱えたい気持ちだったが、峰は面白がっているように見えた。他人事《ひとごと》だと思って、と、つい恨《うら》みがましい目を向けてしまった高沢の視線に気づいたらしく、肩を竦めてみせる。

「誰も彼も、お前への愛が重すぎるよな」

「…………」

やはり面白がっている、と高沢は峰を睨《にら》んだが、峰は涼しい顔で高沢の視線を受け流している。とんでもない出来事のおかげでごく自然に彼に対応できている。八木沼はそれを狙《ねら》ったわけではないだろうが、と共に射撃練習場を出て廊下を進みながら高沢は、密かに八木沼への感謝の思いを抱いたのだった。

「勘弁してくれ。どうしたらいいんだよ」

『別室』ということだったが、荷物が運び込まれたのは邸宅内では一番広い二十畳以上ある広間だった。山と積まれた衣装の箱を前に早乙女が真っ青になっている。

「取り敢えず開けてみよう」

取り乱す早乙女に峰が声をかけつつ、箱を一つずつ開けていく。高沢も箱を開けるのを手伝っていたが、開く箱開く箱、すべて、普通の服というよりも舞台衣装といったほうがいいようなきらびやかなもので、八木沼は一体何を思って選んだのだろうと高沢は唖然《あぜん》とせずにはいられなかった。

「これ、オーダーメードみたいだぜ。全部にあんたと組長の名前が刺繍してあるし、サイズもぴったりのようだしよ」

早乙女が驚きもあらたに、高沢に声をかけてくる。

「コレ全部オーダーメードって、一体何百万……いや、何千万使ったんだ？」

三田村が仰天した声を上げる中、高沢も、信じられないと思いつつ、箱の中から衣装を出してみた。

「和服も高そうだな。この辺は装飾品か？」

峰が小さめの箱が積まれているところに移動し、一番上に載っていた桐《きり》の箱を手に取る。

「あ、その箱、中に八木沼組長の手紙が入っているそうで、特別に手渡されたんでした」

三田村が、慌ててそう告げる。

「伝え忘れていました。申し訳ありません」

「いや、いい」

高沢は彼の謝罪を退けると、峰が差し出してきた小ぶりの箱を手に取った。

「重いな」

なんだろう、と蓋《ふた》を開けると、封筒が入っている。八木沼の達筆で高沢の名が書かれたそ

れの封を切ると、中には一枚、短冊型の用箋《ようせん》が入っていたが、封筒の字とは筆跡が違う上、ボールペンで書かれていた。

『形見分けです。金《ジン》』

金からの預かり物だったのかと察すると同時に高沢は、上質な紫色の絹の布に包まれているそれが何かも察していた。

「なんだった？」

峰の問いかけに高沢は、現物を見せることで答えようと箱から取り出したそれを峰に示した。

「ニューナンブ⁉」

「金さんからだ。教官の形見分けということで八木沼組長に託したらしい」

高沢の説明を聞き、ぎょっとした顔になっていた峰や三田村、それに早乙女は、納得したように頷いた。

「拳銃を隠すには持って来いの大荷物だが、にしても金さんはよく、八木沼組長に頼めたな」

峰は感心したようにそう言ったあと、

「ああ、頼めるか、あの人なら」

と納得した声を出す。

「というと？」

三田村が不思議そうに問うのに峰は、特に隠すことでもないと思ったのか、理由を説明し始めた。

「引退して久しいが、もともとは香港《ホンコン》闇社会のボスの一人だったそうだ」

「すげえな、あのおっさん、そんなすげえ人だったたんだ」

横で聞いていた早乙女が驚きの声を上げる。

「知ってるのか？」

「ああ。香港で世話になったんだよ。武器でもなんでも調達してくれたんだよな」

早乙女が高沢に同意を求めるのを見て三田村が思い出した様子となる。

「ああ、そういやお前、昔、鉄砲玉を命じられて香港に飛んでたな。高沢さんと一緒に」

「おうよ。あのときの組長の登場の仕方といったらもう、凄かったんだぜ。黒いチャイナ服がまた似合ってよう」

鉄砲玉に指名されたときにはこの世の終わりといった様子だったことなどすっかり忘れているようで、懐かしそうに、そして自慢げに当時のことを語ったあとに、

「そうだ、チャイナ服！」

といいことを思いついた顔になる。

「チャイナ服もいいな。組長にも着てもらえそうだ。贈り物の中に確かにあった」

こうしちゃいられねえ、と早乙女が元気よく自分が開けた箱を探しに行く。

「お披露目にコスプレはどうかと思うぞ」

三田村の呆れる声と、

「結婚披露宴のお色直しっぽくていいかもしれん」

峰の冗談としても最低な言葉が重なって響く。

「披露宴か。なるほど」

早乙女が納得したのを見て高沢は堪《たま》らず声を上げた。

「お色直しなど必要ないだろう？　場所は射撃練習場だぞ？」

射撃のパフォーマンスをするだけでいいのでは、という彼の主張は、ものの見事に無視された。

「パフォーマンスのときはスーツか？　もっと動きやすい服装のほうがいいのか？」

「出迎え時に着るスーツの上着を脱ぐのでいいだろう。ホルスター姿はなかなか見栄えがする」

「パーティで着替えればいいよな。二回……いや、三回はいけるか。和装は時間がかかるから無理かな」

「昭和の披露宴かよ。そういや先代の二回目の結婚のときの披露宴はそんな派手派手しいものだったと聞いたことがあるな」

浮かれる早乙女に三田村が突っ込みつつも、先例を話し始める。

「ウエディングケーキの高さを歴代最高にするようにと、姐さんから檄《げき》を飛ばされたとかなんとか……」

「今回和食だからなあ。ウエディングケーキは無理だ」

がっかりしてみせる早乙女に高沢は、

「なんでウエディングケーキが出てくる？」

とまたも声を上げた。

「料理はこちらで仕切るから安心しろ」

三田村が早乙女に言い放ったが、不安しかない、と高沢は彼に一応の確認を取った。

「言うまでもないが、披露宴ではないからな？」

「わかってます。冗談ですよ」

三田村に笑われ、高沢は安堵《あんど》の息をついた。

「よろしく頼む。早乙女も、お色直しは冗談だよな？」

その場のノリということだったのだろう。それを自分がわかっていなかっただけで、と反省しつつ声をかけた高沢を早乙女が振り返る。

「半分冗談だが半分は本気だ。だってこれだけの衣装を贈られたんだぜ？　二着は着ねえとマズいんじゃねえの？」

「……まあ、そうか……」

言われてみれば、と溜め息をついた高沢は、続く早乙女の言葉にぎょっとし彼を振り返ってしまった。

「贈り物がこれだけならいいけどよ、青柳組長もなんか贈ってくるんじゃねえかと思うんだよな」

「……っ」

となると、と青ざめる高沢に早乙女は、

「やっぱりお色直しは三回かもなあ」

と告げ、こうしちゃいられねえ、と勢いよく残りの箱を開け始めたのだった。

とにかく八木沼に礼を、と高沢はまず外出中の櫻内に電話をし、八木沼への礼について相談した。

『俺からも礼を言ったが、お前も電話をしたほうがいい。返礼については式典のあとに用意することとしよう』

櫻内からそのように告げられ、高沢は緊張しつつも以前教えてもらった八木沼の携帯に電話をかけた。

『おう、高沢君、無事届いたようやな』

すぐに電話に出た八木沼は、上機嫌の様子だった。

『別に式典に着てくれなくてもええんやで。気は遣わんようにな』

「いえ、是非《ぜひ》着させていただきます。組長と一緒に……」

二人分用意されていたため、高沢がそう告げると、

『あんたの旦那《だんな》も、ペアで着るのが楽しみ言うとったで』

気が合うな、と揶揄《やゆ》され、高沢はなんと返していいのかわからず、暫《しば》し絶句した。が、すぐ我に返ると、これにも礼を言わねばと慌てて口を開いた。

「三室教官……失礼しました。三室さんの遺品の件もありがとうございます。無事受け取りましたので」

『ああ、あれな。金さんは今、息子捜しで動けんからな。三室が愛用しとった銃いうことやったで。警察官は皆、ニューナンブが好きやな』

「はい。やはり撃ち慣れていますので」

高沢の答えに八木沼は『まあ、そうやろな』と相槌《あいづち》を打ったあと、ややしんみりした口調で話し出した。

『ほんまは式典の日に渡そう思うとったんやけど、三室の銃やったら高沢君は式典で使いたくなるんやないかと、そう気づいて事前に送ることにしたんや。撃つ前には調整も必要やろうしな』

なんたる心遣い、と高沢は本気で感じ入り、電話を握ったまま深く頭を下げた。

「お心遣い、本当にありがとうございます」

『ええて。思いついただけや』

八木沼が豪快に笑い、高沢の謝意を受け流す。

『そないに喜んでもらえてほんま、嬉しいわ。当日を楽しみにしとるで』

「ありがとうございます。お待ちしています」

『ほなまたな』

軽い調子で八木沼は電話を切ったが、高沢は暫しその場を動けずにいた。

今までどれだけ八木沼には助けられてきただろう。感謝しかない、と既に切れてしまった電話を眺めていた高沢は背後から声をかけられ我に返った。

「どうした？　ぼんやりして」

「あ……」

八木沼に贈ってもらった品々を前に高沢は電話をかけていたのだが、無人だった広間にいつの間に入ってきたのか、峰が高沢の背後に立っていたのだった。

「八木沼組長に礼の電話をしていたんだ」

「緊張したのか」

そう解釈したらしく、峰が笑いながら高沢の肩を叩いてくる。

「……ああ、緊張した」

確かに緊張はした、と頷いた高沢に、峰が問いかけてくる。

「八木沼組長、なんだって？」

「三室教官の銃を俺が式典で撃ちたいのではないかと思いついたとのことで、事前に送ってくれたそうだ」

「ああ、銃な。服は？　どれを着てほしいとかは言ってたか？」

早乙女に伝えるから、と言われ、今の話を聞き流すのか、と高沢は少し意外に感じた。人それぞれということか。そういえば峰には三室からの形見分けはあったのだろうか。気になったが、先に問いには答えねばと口を開く。

「別に式典に着なくてもいいとは言われたが、組長と一緒に着させていただきますと伝えたら喜んでいた」

「そりゃ喜ぶよな。八木沼組長は二人をコスプレさせるのが大好きだから」

峰が楽しげに笑う。

「峰」

「ん？」

なんだ？　と問い返してきた彼に高沢は三室からの形見分けについて聞こうとしたのだが、もし彼が何も貰《もら》っていなかったらという可能性に思い至り、すんでのところで踏みとどまった。

「いや。式典に教官の銃を使うつもりだ。特に問題はないよな？」

直前で問いを変えたので、そんなことを聞かずとも、と自分でも思うことを尋ねてしまった。

「ああ。三室教官の名を出さなければな」

わかっているだろうが、と峰に指摘され、わかっている、と頷く。

「ニューナンブだけじゃなく、他の銃を撃ってみるのもいいかもな」

「わかった。マグナムとかか？」

「そうだな。派手にいこう」

「で？」

何か用事があったから来たのでは、と問いかけると峰は、

「ああ、そうだ」

と思い出した顔になった。

「金さんとは連絡を取り合っているんだが、未だ金子は見つかっていない。八木沼組長から何か聞いたか？」

「いや。聞けなかった」

金は手を離せないということを聞けたくらいだ、と首を横に振った高沢に、峰が詳細を教えてくれる。

「金さんは香港闇社会から自分に対して接触があるのではと身構えていたんだが、今のとこ

ろはなんの気配もないそうだ。それで、既に金子は香港に渡っているのではと、それを案じていた」

「……香港の闇社会は金子にだけ興味があったということか？」

既に引退した金には興味はないと、そういうことだろうか。かつて金子が闇社会の脅迫に屈し、射撃練習場襲撃に手を貸したのは、実の父である金を人質に取られたからだったことを高沢は思い出していた。

金子に言うことを聞かせるためにはそうした脅迫が必要だった。今はその必要がないということは、金子は自らの意思で闇社会に加わったと、金はそう見ているのかもしれない。

「ああ。三室教官のいない日本にはもういる必要がないってことじゃないか？」

「だが実の父親の金さんはまだ日本にいる」

高沢がそう言うと峰は、うーん、と考える素振りとなった。

「あくまでも香港黒社会が狙うのは菱沼組、ということなのかもしれないな。今、金さんは岡村組にいるし……ああ、そうだ」

と、考え考え喋《しゃべ》っていた峰が、はっと何か思いついた顔になった。

「なんだ？」

「今まで金子が射撃練習場襲撃の手引きをしたのは、金さんを人質にとられたからだと思い込んでいたが、実際は違ったのかもしれないぞ」

「どういうことだ?」

ならなぜ、金子は黒社会の言うことを聞いたというのだ、と疑問を覚え問いかけた高沢に、峰が思慮深い顔のまま答える。

「金子の記憶喪失が演技だったことはほぼ間違いないだろう。襲撃に利用された結果切り捨てられたというのも演技だったということはないか?」

「敢えて怪我《けが》をしたということか? 教官も酷い怪我だったが」

「疑われないためじゃないか? 現に俺は今まで一度も疑ってなかった。金子は脅されてやったと思い込んでいたが、もしやあの時点で金子は既に、金さんの養子から香港三合会の幹部の座を奪うつもりで菱沼組を潰《つぶ》しにかかろうとしていたんじゃないかと思う」

「金さんの誘拐もまたフェイクだったと、そういうことか?」

金との付き合いは深いとはいえない。だが高沢はともかく三室を騙《だま》すだろうかと疑問を口にした高沢に対し、峰が首を横に振る。

「金さんは仲間ではないと思うがな。普通に誘拐されたんだろう。そうじゃなきゃ、人間不審になりそうだ」

苦笑する峰に対し、確かに、と高沢は頷き今の峰の話を頭の中で反芻《はんすう》する。

「金子が演技をしてまで残ったのは、菱沼組の潰滅《かいめつ》を見届けるためか?」

「それもあるだろうが、一番の理由はやはり、三室教官への執着じゃないかねえ」

「……ああ……」

そうだな、と頷く高沢の脳裏にかつての金子と三室の姿が浮かぶ。

「教官のことは抱き込む自信がなかったから、演技を続けた……もしくは、教官の病気のことを知っていて、死ぬまでは傍《そば》にいたいと願った……まあ、すべて俺の想像だがな。正解は本人を問い詰めないかぎりわからない」

峰が肩を竦め、高沢へと視線を送ってくる。

「……そうだな」

高沢もまた峰と同じことを考えていたのだが、二人の意見が合致したとしてもそれが正解という保証はない。

金子は今、どこにいるのか。金はどのような感情を胸に息子を捜しているのか。

もしも金子や彼の背後にいると思われる団体が菱沼組潰滅を諦《あきら》めてないとした場合、今度の式典に何か仕かけてくる可能性もあるのでは。

「……気を引き締めないとな」

やはり同じことを考えていたらしく、峰がそう言い、頷いてみせる。

「そうだな」

気をつけるのは金子だけではない。もしも峰が『エス』の本領を発揮するつもりなら、当日、八木沼組長や青柳組長、それに菱沼組二次団体三次団体の組長らを一斉逮捕するべく、警察の出動があるかもしれない。

それを防ぐ術《すべ》は果たしてあるのだろうか。緊張を高めつつも高沢は、この思考だけは読まれるわけにはいかないと心の中で呟き、密かに峰の表情を窺《うかが》ったのだった。

7

あっという間に時は過ぎ、高沢の『姐さん』としてのお披露目の日となった。

朝から快晴に恵まれたその日、式典が行われる奥多摩の射撃練習場に櫻内と共に早朝から向かいながら高沢は、自身が緊張していることに戸惑いを覚えていた。

高沢以上に緊張しているのは今日、運転手を命じられた青木で、後部シートからでも彼の身体がガチガチに強張《こわば》っているのが見てとれ、事故でも起こすのではないかと心配してしまうほどだった。

神部《かんべ》が警察に逮捕されたあと、櫻内は専用の運転手を決めてない。それで今日、高沢の専任運転手である青木が選ばれたのだった。

「青木、落ち着け」

助手席の三田村が時折声をかけ、緊張を解《ほぐ》そうとしてやっているがあまり効果はなさそうだった。峰と早乙女は昨夜から奥多摩に前乗りをして準備にかかっている。式典の開始は午後三時、高沢のパフォーマンスのあとに宴会となり、希望者は宿泊も受け入れる。

招待客は射撃練習場の収容可能人数ギリギリの二百名に絞られた。招待した人間は全員出席の返事がきたとも聞いていた。自分のお披露目だからというわけではなく、二次団体、三次団体にとっては櫻内からの招待というだけで名誉なのだろう。

櫻内の前では、たとえ自分を『姐さん』と認めることに抵抗があったとしても態度に出すことはあるまい。たとえそうした態度をとられたところで気に病むことはないのだが、不満が高まり騒動となることは避けたいと高沢は願っていた。櫻内の名誉のためもあったが、警察や香港闇社会が何をきっかけに乗り込んでくるかわからないからである。

それにしても、と高沢はここ数日、寝る時間もない様子の峰と早乙女の姿を思い起こし、密かに溜め息を漏らした。

峰とは式典についての打合せを重ね、早乙女とは信じられないくらいの回数の着替えに付き合った。結局、式典はスーツ、宴会での『お色直し』は一回となり、早乙女の願望だったチャイナ服が選ばれた。

せめてベストは尽くせ、と、高沢は早乙女から、睡眠時間の確保と日焼け禁止を申し渡され、昨日はエステシャン三人がかりで肌を整えられた。何をどうしたところで外見がよくなるわけではないのだからと思いつつも大人しく施術を受けたのは、断るのが面倒だったのともう一つ、果たしてこれが『ベストを尽くす』ことかという疑問を持ちながらもできることはすべてやると心を決めていたからだった。

「もう着くな」

櫻内の言うとおり、前方に射撃練習場が見えてくる。

「……凄いな」

射撃練習場に駐車場はあったが、当然ながら二百台もの車を収容できるようなものではなかった。このひと月のうちに第二駐車場を増設すると同時にエントランスを整備した練習場の正門にはずらりと花が並んでいた。

そういえば櫻内のお披露目のときも花が並んでいたと思い出す。

「並べきれないと峰が零《こぼ》していた」

ふっと櫻内が笑い、立ち尽くしていた高沢の腰へと手を添えエスコートよろしく歩き出す。

「なんだ、緊張しているのか？　珍しいな」

顔の強張りに目ざとく気づき、櫻内が揶揄してくる。

「……緊張もする。これでは……」

考えていた以上におおごとだった、と溜め息を漏らした高沢を見て櫻内が楽しげに笑う。

「準備は万端、何も気にすることはない。極端な話、お前は立っているだけでいい。姐さんのお披露目には組長就任のときのような面倒な口上もしきたりもないからな」

「…………」

確かに、口上などあったら覚えきれずに立ち往生していたことだろう。パフォーマンスはあるが得意の射撃だ。それも動かない的に向かって撃つだけ。ただのショーだ。生きるか死ぬかといった危機感は何一つない。

命中率は発表されるが、高ければ捏造を疑われ、低ければ冷笑される。ただそれだけのことだ。

そう考えると随分と気が楽になった、と高沢は自然と微笑んでいた。と、腰にあった櫻内の手がぴく、と動き彼の足が止まる。

「？」

どうした、と高沢もまた足を止め、隣の櫻内を見上げた。

「笑うのも上目遣いも、ほどほどにな」

「は？」

苦笑する櫻内が何を言っているのか、まったく理解できず、戸惑いの声を上げた高沢の腰を櫻内がぐっと抱いてくる。

「おい……」

身体が密着し、歩けなくなる。これから準備があるだろうにと、ますます戸惑う高沢の頬に櫻内が掠《かす》めるようなキスをする。

「おい……っ」

周囲には大勢の組員が櫻内を出迎えていた。中には峰や早乙女もいる。場が一瞬静まり返ったあと、ざわつき始めたことで高沢は羞恥を覚え、櫻内の腕から逃れようとする。が、そ

のときには櫻内の腕は解け、歩き始めていた。

「峰」

歩きながら櫻内が峰を呼ぶ。

「はい」

慌てて駆け寄ってきた彼に櫻内は、式次第についての報告を求めた。

「すべて準備は整っています。ご覧になりますか?」

説明のあと、峰がそう言うと櫻内は「そうだな」と頷き、高沢へと視線を移す。

「一通り見てから休憩するのでいいか?」

「? ああ」

疲れたかと聞いているのかと、理解できたのは頷いたあとだった。

「なら行こう」

櫻内がにっこりと微笑み、高沢に額を合わせてくる。

「……っ」

あたかも周囲に見せつけるような仕草に、高沢ははっきりと動揺し、またも櫻内から離れようとした。

「今日は『姐さん』のお披露目だからな。こうしたことに慣れておけ」

だが耳元で櫻内に囁かれ、あ、と声を漏らしそうになる。敢えてなのか、と高沢は驚きからまじまじと櫻内を見つめてしまった。

「面白い」

櫻内がぷっと噴き出し、またも額を合わせてくる。

『姐さん』の役割についてはまだ高沢も理解しきれていない。しかし組長との関係が良好と知らしめるのが大切、ということは理解していた。

良好以上に『仲睦《なかむつ》まじい』ところを見せれば、『姐さん』としての地位は盤石となる。そこまで高沢の考えは及んでいなかったが、今の櫻内の言葉で彼が意図をもって敢えて組員の前で密着してみせているとわかり、そういうことだったのかと納得する。

そこまで考えていたとはと驚いただけなのに、何が『面白い』のかと、ますます戸惑った顔になったのを見て櫻内はまた笑ったあと、

「さて、行くか」

と高沢を促し歩き始めた。

まずはパフォーマンスが行われる射撃練習場と、それを見下ろす観覧席のチェックということで別棟へと向かう。使用する拳銃は昨日高沢自身の手で整備したものを既に峰が持ち込んでいた。

「銃を見てきていいか？」

観覧室をチェックに行くという櫻内に許可を取り、高沢は峰が準備してくれていた銃を手

に取った。

使う銃は三丁。ニューナンブは三室の形見で、試し撃ちも松濤の地下で終えていた。三室が大切に扱ってきたのがわかる。癖らしい癖もなく、高沢の手にもよく馴染《なじ》んだ。形見として銃をもらったことで、改めて三室の死を実感する。告別式にも参列し、火葬場まで行ったというのに、と銃を手に高沢は一人溜め息を漏らした。

周囲に気を配れ。それが三室の自分への遺言だったという。その『周囲』が峰を指すのだとしたら、今日の式典が無事である可能性はどのくらいあるのだろう。

高沢の脳裏に、式典の最中に機動隊が雪崩《なだ》れ込んでくるイメージが浮かぶ。日本国内の主要な組長を一気に逮捕できるチャンスをなぜ、エスと疑う峰に仕切らせたのだろうと、改めて高沢は櫻内の真意を考え、練習場を見下ろす場所に作られた観覧席にいる彼を見上げた。

かなり距離はあるというのに、高沢の視線に気づいたらしく、傍にいる峰から説明を受けていた様子の櫻内が高沢を見やり、軽く手を振ってくる。峰もまた高沢に会釈をしてきたあと、二人は再び顔を見合わせ話し始めた。その様子を見上げる高沢の胸には、自身でもよくわからない、もやっ、とした思いがまた立ち上り、消えていく。

練習場に向かう道に警察の気配はなかったように思う。だからといって安心はできないが、櫻内に案じている様子はない。彼が大丈夫と判断したのだろうから、それを信じるしかないかと高沢は二人から視線を銃へと戻すと、入念なチェックを続けたのだった。

施設のチェックが終わると峰は櫻内と高沢を控え室へと連れていった。櫻内に用意された『控え室』は最重要顧客を迎えるための応接室で、そこで三田村による料理の説明などが始まったのだが、高沢は早乙女に別室につれていかれることとなった。外見を整えるためとい う。

「着替えるだけだろう?」

「輝かせろという命令なんだよ。あんたをだぜ? 二時間三時間はかかるだろうがよ」

悪態をつきつつも早乙女は、高沢をまさに『輝かせ』ようと彼のベストを尽くした。

出迎えのときに着るのは、八木沼が贈ってくれた櫻内と揃いの細身のスーツで、髪型は櫻内同様額を上げたものと決まった。保湿で肌を艶《つや》やかに仕上げたあと、眉を整えてすっきりさせる。

「まあ、こんなもんか」

櫻内の美貌《びぼう》の足下にも及ばないとはいえ、普段の高沢からは一段と垢抜《あかぬ》けた外見となった。スーツが光沢のある生地ということもあり、『輝いて』も見えるかと、己の服を見下ろす。

「ホルスター、つけられるか?」

上着もまた細身であったため、いつの間にか部屋に来ていた峰が心配そうに問いかける。

「どうだろう」

上着を脱ぎ、峰が差し出してきたホルスターを嵌《は》めてから再び上着を着てみる。

「着れはする」

「見た目もまあ、大丈夫か。どうだ？　早乙女」

峰に問われ、早乙女がむっとした顔になりつつも頷く。

「いいんじゃねえの？　てめえの上司面にはむかつくけどよ」

「上司面をした覚えはないんだけどな」

峰が苦笑しつつ肩を竦めたあと、高沢に声をかける。

「そろそろスタンバイの時間です、姐さん。八木沼組長があと十分ほどで到着の見込みとのことなので」

「……わかった」

口調を改めてきた峰は既に『本番』モードに入っているということだろう。

「ちょっと髪のここだけ……おう、いいぜ。じゃねえ、これで完成です」

早乙女は峰に何か言われていたのか、むすっとしたまま彼もまた口調を改め、高沢に頭を下げた。

「ありがとう。このあともよろしく頼む」

いよいよだ。これから二百名の来賓を『姐さん』として迎える。非日常極まりない一日となることだろう。すべてつつがなく終わることを祈りながら高沢は早乙女に短く礼を言ってから、峰と共に部屋を出た。

「八木沼組長が一番乗りか」

「はい。主賓ということで、もしや組長が開始よりも少し早めの時間にお約束なさったのかもしれません」

峰の口調は相変わらず畏まったままだった。

「今日はずっとそれでいくんだな？」

やりにくいが仕方がない。溜め息交じりに尋ねると峰は返事をすることなく肩を竦めてみせた。

「警察の動きは？　今日の式典の情報が漏れていたりはしないだろうか」

敢えて峰にこの問いをぶつけてみたのは、高沢を『姐さん』として立てるというよそ行きの顔を保つ彼の反応を見てみるのはどうかとふと思いついたからだった。

「大丈夫でしょう」

峰の表情に変化はない。短く答えたあと、高沢の耳元に口を寄せ囁いてきた。

「安心しろ。組長が信頼して俺に任せてくれたんだ。成功させてみせるさ。お前のお披露目を完璧《かんぺき》にな」

そう言い離れていった峰を見やると、彼は任せろ、というように高沢に頷いてみせた。

「頼もしいよ」

感慨深いとしかいいようのない思いが高沢の胸に込み上げる。これは峰の本心なのか、それとも今日警察を踏み込ませることを隠すためのいわばフェイクなのか。高沢には判断がつかなかった。

少なくとも櫻内は信頼を与えている。それを彼が裏切るか否かは時が過ぎればわかる、と気持ちを切り換えたのは、気もそぞろな状態でこなすことができるほど、これから始まる行事が容易《たやす》くないとわかっていたからだった。

高沢がエントランスに到着した直後に、櫻内もやってきた。敢えて少しだけ型の違う同色のスーツに櫻内の美貌が映える。

自分は早乙女がこれでもかというほど手をかけてこの程度であるのに、生まれついての麗人の輝きときたら、と高沢は諦観《ていかん》と感動を胸に、櫻内の文字どおり光り輝く姿をつい、ぼうっと見つめてしまっていた。

「熱い視線は嬉しいが、そろそろ兄貴が到着する」

櫻内に苦笑され、ようやく我に返った高沢は、見惚《みと》れていたことが恥ずかしく俯《うつむ》いた。頬に血が上ってくるのがわかる。

「顔を上げろ」

ほら、と、櫻内の繊細な指が高沢の顎《あご》に伸び、上を向かされる。

「早乙女はいい仕事をした。あとで褒めてやらねばな」

にっこりと櫻内が高沢の目を覗き込むようにして微笑む。またも高沢が見惚れそうになったそのとき、

「いらっしゃいました！」

という緊迫した若い衆の声と共に車のエンジン音が響いてきて、自分を取り戻すことができたのだった。

「おう、高沢君、おめでとうな」

八木沼を迎えるために櫻内と高沢は建物を出て車寄せで待機していた。車から降りてきた八木沼には数名のボディガードがついている。

「どうもありがとうございます」

頭を下げた高沢の横で櫻内が、

「兄貴、中へ」

と八木沼を招く。

「お前らは車で待機や」

建物内に入ると八木沼はボディガードたちを下がらせてから、目尻を下げ、櫻内と高沢を順番に見やった。

「おう、着てくれたんやな。よう似合うとるわ。色違いと形違いとまったくのお揃いと悩んだんやけど、ええ。ほんま、ええわ」

にこにことそれは嬉しそうに笑う八木沼に向かい櫻内が苦笑する。

「私のはあまりにサイズがぴったりで、兄貴がテーラーに密偵でも仕向けたのではと疑いましたよ」

「目視や目視。ワシの眼力をなめたらあかん」

あっはっは、と高笑いをする八木沼を前に高沢が唖然としたのは、自分の服もまた身体にぴったりフィットしていたからだった。

そうした能力にも長《た》けているのかと感心していた高沢に八木沼が、さも可愛くてたまらないと子供に向けるような眼差《まなざ》しを浴びせてくる。

「高沢君は素直やなあ。その初々《ういうい》しさを忘れんといてな」

「え？　あ……」

ということはやはり、目視ではなかったということなのだろうか。混乱している高沢の腰を櫻内が抱きつつ、八木沼に声をかける。

「開始まで少し時間がありますので、お茶でもいかがです？」

「気ぃ遣わんでええで。ワシの予感では間もなく二人の熱狂的なファンが、かなり早めの時間にもかかわらず到着するはずやからな」

八木沼が言い終わらないうちに、若い衆がおずおずと報告する。

「その……青柳組長が間もなくご到着のようです」

「な？」

八木沼が、どうだ、というように笑う。

「どこぞでお見かけになったんですか？」

「はは、あんたのことは誤魔化せんな」

そのとおりや、と八木沼が笑ったあと、視線を近くにいた峰へと移す。

「峰君でええわ。会場まで案内してくれるか？」

「はっ。畏まりました」

さすがの峰も八木沼直々《じきじき》の指名には緊張したらしく、しゃちほこばった姿勢となったあと、深く一礼する。

「こちらです」

「ではまたあとでな」

八木沼が峰と共に立ち去っていくのを高沢は呆然《ぼうぜん》と見つめてしまっていた。が、すぐ、

「行くぞ」

と櫻内に声をかけられ、はっとして視線を彼へと戻す。櫻内は高沢に笑顔で頷くとエントランスを出て車寄せへと向かった。高沢も慌ててあとを追う。

「これはお出迎えありがとうございます。高沢さん、おめでとうございます」

到着したのは東北では勢力を増してきた団体の若き長、青柳だった。櫻内と高沢のファンであると公言している彼は早速二人の服装を褒めにかかった。

「ペアのスーツがお似合いです。櫻内組長のほうがやや細身なのですね。晴れやかな今日のよき日にぴったりの華やかな色合いですね。いやあ、眼福です」

本人、まさに水も滴る美男であるのに、平凡な顔立ちの自分にまでそうも賞賛できるとは。唖然としていた高沢に青柳がにっこりと笑いかける。

「私はお二人の強火担ですから」

「強火？」

どういう意味だろうと目を見開いた高沢の横で、櫻内が噴き出す。

「面白いな。熱烈という意味か？」

「そのとおりです。今日が楽しみでなりませんでした。お二人のイチャイチャする姿をこの目に焼き付けて帰ります」

「イチャイチャ……」

直接的すぎる言葉が衝撃的で、思わず繰り返してしまった高沢の腰を櫻内が抱き寄せる。

「期待に応《こた》えられるよう心がけよう」

「おお、早速」

嬉々《きき》とした声を上げる青柳を中へと招き、三田村に案内を任せる。

「チーム姐さんの一員に案内してもらえるとは感激です」

さすがといおうか、青柳はチームの存在ばかりかメンバーまで把握していた。三田村は動揺を押し隠しつつ「こちらこそ」と深く頭を下げると、案内役として彼を会場へと導いていった。

その後、二次団体、三次団体の組長たちが次々と到着したが、エントランスに立つ櫻内の姿に皆、恐縮しまくるという一幕が繰り広げられ続けた。

時間に遅れる来賓はおらず、定刻に式典は開始を迎えることとなった。

櫻内の短い挨拶《あいさつ》のあと、高沢は一人、射撃練習場へと降りていき、銃を手に取った。

スピーカー機能も有しているイヤープロテクターから、峰の声が響いてくる。

『皆さんにはこちらのプロジェクターで姐さんが向かい合っている的をご覧いただきます。後ほど命中率のデータも披露致しますのでどうぞお楽しみに。姐さん、こちらの準備は整いました』

声をかけてきた峰を見上げ、頷くと高沢は上着を脱いだ。未だ上の観覧室との音声が繋《つな》がっていたイヤープロテクターから、ざわつく会場の様子が聞こえてきて、なんだ？　と高沢は会場を見上げた。と、峰が、なんでもない、というように苦笑しつつ、高沢にだけ聞こえるように、

『気が散るだろうから切るぞ』

と告げ、次の瞬間、音声が途切れる。

「……?」

結局ざわつきの意味はわからなかったが、追及している暇はない、と高沢はホルスターからニューナンブを取り出した。目の前には既に的が用意されており、いつでも撃てる状態となっている。

峰との打合せでは、装着した弾《たま》を撃ちきり、次の銃に移るということになっていた。的は銃ごとに変える。目指すは一〇〇%、と峰は冗談か本気かわからない口調で言っていたが、さすがに一〇〇は無理だろうなと思いつつ、高沢は銃を構えた。

雑念は一気に消え去り、頭の中が真っ白になる。イヤープロテクターにより作られた静《せい》寂《じゃく》の中、的に向かう高沢の口から、はあ、と短く息が漏れた。

静謐《せいひつ》な時間と空間のただ中に高沢は一人存在していた。ここ数日、地下の練習場で練習していたのだが、常に式典のことが頭にあった。だが本番を迎えた今、高沢はそれまで的と向かい合ったときと同じく無の状態となることができていた。

手の中にあるのは三室の銃だということも、そのとき高沢は忘れていた。的の中心を目指し引き金を引く。

ダーン…………ッ。

銃声が遠くで響く。腕の痺《しび》れが手応えを物語っている。ああ、銃を撃つのが好きだ。そう実感しながら高沢は次々弾を撃ち込んでいった。

ニューナンブを傍《かたわ》らの台に置き、次なる銃を手に取る。スタンスを先程より大きく取り、新しくなった的に撃ち込む。腕にずしりとくる重い感覚が楽しくなってきて、高沢は自然と微笑んでいた。

続いてはオートマチック銃で、コルト・ガバメントを手に取る。十発以上をあっという間に撃ちきると、終わった、と息を吐き出した。

『姐さん、上がってきてください』

イヤープロテクターから峰の声が響いてくる。銃を撃っているうちに恍惚《こうこつ》状態となっていた高沢だが、未だその状態が覚めやらぬまま会場を見上げると、耳元に峰が息を呑んだ音が響いた。

「？」

なんだ？　とそれで我に返ることができた高沢は、なぜか顔を背けてしまった峰に、

「わかった」

と返事をすると、台に置いたニューナンブをホルスターに戻し、上着を手に練習場を出て備え付けのエレベーターへと向かった。

会場に足を踏み入れた瞬間、わっと歓声に包まれ、高沢は何事かと驚いたせいでその場で

固まっていた。

「ご苦労」

櫻内が両手を広げて迎えてくれたが、さすがにその腕に飛び込むことは躊躇われ、すぐ前まで進んで足を止める。

「間もなく的の実物が届きます」

峰が声を上げると、また、室内にどよめきが走った。この反応を見るに、命中率は高かったということかと櫻内を見る。

「ニューナンブとマグナムが一〇〇％、コルト・ガバメントが九九・八％だ」

高沢が何を知りたいか、即座に察してくれた櫻内が数値を教えてくれる。

「……そうか」

最後、少しぶれたからなと高沢は反省していた。体力不足が否めない。

「映像ではすべて中央を撃ち抜いているように見えました。〇・二％の誤差がどこにあるのか、実物ではわかりますかね」

声をかけてきたのは青柳だった。

「最後に少し銃口がぶれたのです。筋力が足りなかったのだと思います」

高沢の答えにまた、室内がざわつく。

「失礼します」

若い衆が的を手に部屋に入ってきて峰に渡す。峰の周囲にわっと人が集まった。

「いや、コレは凄い」

「かつてオリンピック選手候補になったという噂《うわさ》を聞きましたが納得の腕前です」

「どんな銃でも思いのままというわけですなあ」

口々に賞賛の言葉を語る来賓を前に高沢は、どんなリアクションを取ればいいのか困り果て、櫻内を見やった。

「はは。裕之《ひろゆき》は照れているようです。皆さん、その辺にしてやってください」

櫻内が高沢を抱き寄せ、その背に手を添えながら周囲を見渡す。

一瞬、室内に沈黙が満ち、その直後にそれまで以上のどよめきが走った。櫻内の『裕之』呼びのせいではないかと、高沢は皆に負の感情を抱かれたのではと恐れるあまり、周囲を見渡そうとした。

「いやあ、いいですねえ。愛！　愛ですね」

そのとき青柳のはしゃいだ声が響き、興奮したその声音に皆の視線が彼へと集まる。

「ほんまやな。毎度見せつけてくれるわ」

わっはっは、と八木沼が高らかに笑う。日本一の規模を誇る団体の長のリアクションに反発などできようはずがなく、室内は一気に好意的な雰囲気となった。

「さあ、それでは皆さん、宴会場にご案内いたします」

いつの間にかドア近くに移動していた峰が少し声を張ってそう告げ、大きくドアを開く。皆が部屋を出ていくの見送りつつ高沢は近くに来た八木沼に頭を下げた。

「ありがとうございます」

「何を言うとるんや。ほんまのことしか言うてへんで」

笑いながら高沢の礼を退けた八木沼が、「それにしても」と感心した声を出す。

「射撃の腕は相変わらずやなあ。指導のほうも一級品やそうやないか。高沢君の指導、受けてみたいわ」

「そんな……畏《おそ》れ多いです」

世辞だろうが、それでも畏れ多い、と高沢は慌てて首を横に振った。

「いやいや、本気やで？　一度、お邪魔させてもらおうかな。高沢君の熱血指導に」

「……っ」

本気と言っているが、本当に本気なのかとたじろぐ高沢を見て櫻内が笑う。

「はは、兄貴、あまり困らせないでやってください。これからコレにとってはまだまだ試練の時間が続くんですから」

「はっはっ。なに、宴会の予行演習や。ワシが目を光らせてるさかい、そない無茶ぶりをしてくる人間もおらんやろうけどな」

任せとき、と胸を張る八木沼ほど、頼もしい存在はない。本人がそれを自覚しているとこ

ろもまたさすがだと高沢は感心しながらも、

「ありがとうございます」

と頭を下げ、八木沼の目尻《めじり》を更に下げさせたのだった。

8

宴会の前に櫻内と高沢は衣装替えのためにそれぞれの控え室へと向かった。

「一〇〇%、出したんだって？　すげえな」

早乙女が興奮した様子で話しかけてくる。

「オートマチックでは九十九・八だった」

「ほぼ一〇〇じぇねえか。二百人に見られててよく、緊張しねえな」

「したよ、普通に」

「して一〇〇パーかよ」

「九九・八だ」

「一〇〇だよ、もう」

言い合いながらも、早乙女が高沢に次に着る服を差し出してくる。

「チャイナだったか」

「ああ。組長は黒、あんたは白。赤と迷ったんだが赤より白のがあんたの顔には似合うんじゃねえかと」

立襟長袖、裾《すそ》の長いチャイナ服は見事な刺繍《ししゅう》がなされており、舞台衣装のようだった。合せて穿《は》くパンツは黒でどちらも肌触りのよい絹製だった。

「チャイナドレスもあったんだが、さすがに今日、着るのはどうかと思ってよ。八木沼組長は喜ぶだろうが」

「組長のチャイナドレスもあったしな」

チャイナドレスには是非試着した写真を送ってほしいとカードがついていたが、櫻内は苦笑したあと何事もなかったようにスルーした。

「あんたまた痩《や》せたか?」

着替え終えると早乙女は心配そうな顔になり高沢に問いかけてきた。

「筋力が落ちているのは感じている。本気で鍛えないと」

思うように銃を撃てなくなるのは困る、と高沢が告げると、早乙女は、

「体調が悪いわけじゃねえんだな?」

と確認を取ってきた。

「ああ、特に」

「メンタルも?」

「メンタル?」

問い返した高沢に、

「あんたにその心配はないか」

と早乙女が問いを引っ込める。

「まああと数時間だ。頑張れや」

そうして高沢の髪を整えてくれているところに、着替えを終えた櫻内がやってきた。

「どうだ？」

「今仕上がりやす！」

黒色に金糸銀糸の刺繡の入ったチャイナ服は、櫻内には実によく似合った。早乙女も高沢も目を奪われたが、櫻内に問いかけられ、先に我に返った早乙女が慌てて返事をする。

「似合うな」

高沢の白いチャイナ服姿を見て、櫻内が相好を崩した。

「いや……」

最初から比較する気もないが、本人がそうも似合っていると嫌みにしか聞こえない。櫻内が嫌みを言うはずはないので僻《ひが》みでしかないのだが、と高沢は言い返す気力も失せ、途中で言葉を止めた。

「白だと披露宴味が増すな」

高沢の背後に立つ櫻内が、鏡越しにそんなことを言ってくる。

「どうせならケーキ入刀くらいやればよかったか」

「馬鹿《ばか》なことを」

以前もウエディングケーキの話題が出たなと高沢は思い出しつつ、櫻内を睨んだ。

「仲睦まじい姿を見せつけるのにちょうどいいじゃないか」

「引かれるに決まっている」

「まあ、和食だしな」

と、櫻内は笑って高沢の肩を叩くと、

「先に行っているぞ」

と声をかけ早乙女を見やった。

「頼んだぞ」

「へ、へい」

早乙女がしゃちほこばった様子で返事をし、高沢の髪型を整え出す。櫻内はよしというように頷き、そのまま部屋を出ていった。

「なあ」

鏡越しに早乙女が、なんともいえない表情を浮かべ高沢に声をかけてくる。

「なんだ?」

「組長といつの間にやり取りできるようになったんだ?」

「……ああ、そうだな」

問われて初めて高沢は、普通に言い返していたかと自覚し、今度は彼のほうがなんともいえない表情となった。

「びっくりしたぜ。『馬鹿』と言っても組長は怒らねえし。もう、何がなんだか……」

呆然としつつも早乙女がきっちり手を動かしてくれたおかげで、間もなく高沢の身支度も仕上がった。

「あとは最後にタキシードだったか。本当に結婚式みたいだよな」

「お前までなんだ」

「組長と同じこと言って悪いかよ」

呆れる高沢に早乙女がやけになって言い返す。

「いいから早く行けよ。料理や酒、零すんじゃねえぞ。白は目立つから」

「ああ、ありがとう」

考えてみれば今回早乙女も、そして三田村も完全裏方で、式典や宴席に顔を出すことがない。招待客がすべて『組長』であるのと、菱沼組で出席しているのは幹部以上なので仕方がないといえばないのだが、早乙女の性格からして着飾った櫻内を近くで見ていたいだろうに、と申し訳なく思いつつ、高沢は控え室をあとにした。

宴会は既に始まっていた。目立たないように入るつもりだったが、高沢が広間に足を踏み入れた途端、櫻内の隣から八木沼がよく響く声で呼びかけてきたため、皆の注目を集めることになってしまった。

「高沢君、よう似合うとるやないか」

「……あの、ありがとうございます」

八木沼に贈られた衣装だったため、まずは礼をと頭を下げた高沢だったが、『似合っている』と言われたことへの礼にとられたかもしれない、と慌てて言葉を足そうとした。

「白もええけど、赤もよかったんちゃうか？」

しかし高沢の言葉を待たずして八木沼が話しかけてきたため、訂正の機会を逸した。

「どちらにするかかなり悩みました」

「せやろ。ワシも悩んださかい、両方贈ったんや」

わっはっは、と高らかに笑う八木沼は、宴席が始まったばかりだというのにかなり酔っているようだった。

高沢の射撃パフォーマンスのときも観覧室にはシャンパンが用意されていたため、そのときから飲んでいたものと思われる。

「高沢君もいよいよ姐さんか。せや、志津乃《しづの》からも祝いを言付かってきたんやった。是非、コッチの婦人会にも出てやってや」

『婦人会』というのは、岡村組の二次団体、三次団体の『姐さん』の集まりで、高沢も一度呼ばれたことがあった。なんとも居心地の悪い時間を過ごしたが、それは姐さんたちが高沢

に対し失礼な態度を取ったからではなくむしろその逆で、自分たちの同胞として迎え入れる気満々といった積極性に高沢の腰が引けてしまった、というわけだった。

とはいえ自分も『姐さん』を名乗ることになるのだから、参加したほうがいいのだろうか。菱沼組は岡村組の二次団体というわけではないが、招待を受けないのは失礼に当たるのではと、高沢は八木沼に頭を下げた。

「喜んで出席させていただきます」

「兄貴、お手柔らかに願いますよと志津乃さんにお伝えください」

櫻内が会話に加わりつつ、ほら、と高沢に酒を勧めてくる。盃《さかずき》を受けたあと、高沢は、自分から酒を勧めに回ったほうがいいのかと思いつつ、まずは、と八木沼の盃を満たすことにした。

「おおきに」

八木沼が礼を言い、お返し、と酒を差し出してきたので、盃を空にする。

「菱沼組には婦人会はないんやったか」

と、八木沼が櫻内に問いを発した。

「ええ。特には」

「この機会に作るんはどうや？」

「裕之には荷が重いでしょう」

櫻内が苦笑し、な、と高沢を見やる。流し目の色っぽさに、どきりと鼓動が高鳴り、高沢は声を失った。が、すぐに我に返り、そのとおりと頷いた。

「はい。私には無理かと」

「婦人会のかわりに裕之は若い衆に射撃の指導を行います」

「ほんま、見事な腕前やったわ。射撃の名手の姐さんいうんもええなあ」

自分に関する話題がなかなか終わらないため、席を立つことが憚《はばか》られる。もしやこれも八木沼の気遣いなのだろうかと気づき、彼を見やった。視線に気づいた八木沼がニッと笑い、高沢に酒を注ごうとする。

「それにしても高沢君、痩せたんちゃうか？」

先程早乙女に指摘されたばかりなのに、八木沼の目にもそう見えるとは。その自覚はないのだが、と思いつつ高沢は、早乙女への返しと同じようなことを告げた。

「筋力は落ちたと、先程の射撃で実感しました。これから鍛えていかねばと反省しています」

「ほぼ一〇〇やのうて、ジャスト一〇〇を目指すいうわけか。向上心の塊《かたまり》やな」

感心してみせる八木沼になんと答えていいのかわからず、高沢はつい櫻内を見てしまった。

「困ったときには旦那を頼るか。可愛いやないか」

すかさず八木沼にからかわれ、ますますリアクションが思いつかずに固まってしまう。

「兄貴、お手柔らかにとお願いしたでしょう」

櫻内が苦笑しつつフォローをしてくれ、再び会話が流れ出す。

料理が運ばれ、酒が進むうちに、酌《しゃく》がてら櫻内のところに挨拶に来る人間が増えていった。

櫻内に挨拶をしたあと必ず高沢にも声をかけてくる。

「素晴らしい命中率でした」

「機会がありましたら是非、射撃をご教授いただきたいです」

丁重すぎる態度と言葉使いには違和感を覚えたが、高沢はそれを顔に出すことなく、彼もまた丁寧に礼を言い、頭を下げた。

しかしきりがないなと思っていたところに、背後から声をかけられる。

「高沢さん、ちょっといいですか?」

振り返るとそこには笑顔の青柳がいた。

「以前、ウチのボーイズに指導してくださったじゃないですか。その絡みで少々ご相談が」

「はい、なんでしょう?」

青柳が立ち上がったので高沢もまた立ち上がり、彼のあとに続いて広間を出た。

「あの?」

人に聞かれたくないような内容なのだろうかと青柳の背に問いかける。

「いや、すみません。ただの口実です。高沢さんがそろそろお疲れのように見えたので」

と、青柳は高沢を振り返り、にっこりと笑ってみせた。

「ありがとうございます」

そうもわかりやすかったかと反省しつつ礼を言うと、顔に出たのか青柳が慌ててフォローしてくる。

「いや、お節介ですよ。ああもひっきりなしに挨拶に来られたら、私でも疲れ果てますので。それに」

と、青柳がここで声を潜める。

「お話したいことがあったのも事実です。蘭丸《らんまる》君のことです」

「！　元気にしていますか？」

加藤《かとう》蘭丸はかつて高沢の運転手を務めていた若い組員だった。神部に色々と吹き込まれた結果、櫻内を殺そうとしたのを取り押さえられ、本来なら命を失ってもおかしくない状況だったところを、青柳が自分のところで預かると申し出てくれたのだった。

「ええ、元気です。ようやく私にもなついてきました」

華麗、という表現がぴったりの笑い方をした青柳が、すっと表情を引き締め、またも潜めた声で喋り出す。

「なついたきっかけは神部の逮捕です。ようやく騙されていると気づいたようで」

「……さすがですね」

神部の逮捕に関して、一切の報道はなかったはずだ。どのようにして知ったのかと驚いていた高沢に、青柳はすぐ答えを与えてくれた。

「なに、櫻内組長から連絡があったのです」

「……そうでしたか」

それなら知っていて当然だ、と納得した高沢を見て青柳が笑う。

「私は絶対にお二人を裏切りませんから。高沢さんもどうか私を信頼してください」

「していますよ？」

疑わしいという印象を持ったことはないのだが。何か誤解させるような態度を取っただろうかと眉を顰めた高沢に向かい、またも青柳がにっこりと華麗に微笑む。

「言葉足らずで申し訳ありません。どのようなことにも使ってくださいと申し上げたかったんです。たとえば――疑わしい者に関する調査といったことに」

「…………」

高沢は感情がさほど顔に出るほうではない。そのことを今、ありがたいと実感していた。

青柳の、菱沼組に関する情報収集能力は、優れているという言葉では追いつかないほどだ。組内にスパイでもいるのではないかと今こそ高沢は疑っていた。

今、彼が告げたのが、峰に関することだとしたら尚更《なおさら》である。櫻内と自分の二人しか知り得ないことを彼が知ったのは、それこそ櫻内から聞いたか、もしくは神部を罠《わな》に嵌《は》める計画の全貌と結果を知り自ら推察したか、のどちらかだろう。

とはいえ、一般論ということもある。ここは礼を言うに留《とど》め、あとで櫻内に確認を取ろうと高沢は青柳に頭を下げた。

「ありがとうございます。そうしたことがありましたら是非」

「本当に私はお二人のファンなんですよ。お二人のことなら何でも知りたいという願望が行動の原点となり、お二人の力になりたいと願う……それだけのことですのでどうぞご安心を」

高沢の返しに対し、青柳は涼しい顔でそう告げたかと思うと、「そろそろ戻りますか」と微笑んで寄越した。

「主役を独占するわけにはいきませんから」

「ありがとうございます」

多分今のは言い訳だ、と高沢は判断したが、礼を言うに留めた。青柳はそのまま手洗いに向かうというので場所を教え、高沢は一人で戻ったのだが、隣に座ろうとすると櫻内が、

「そろそろ着替えよう」

と立ち上がったため、二人で部屋を出ることとなった。

「青柳組長についてなんだが」

廊下には人気《ひとけ》がなかったため、高沢が話題を出す。

「神部の件を組長から聞いたと言っていた」

「『あなた』な」

と、櫻内が高沢を横目で見やり、にっと笑う。またか、と高沢は溜め息をつきかけたが、話を打ち切りたいということかと判断し口を閉ざした。

「ああ。俺が伝えた。神部についての情報を寄せてくれたしな」

しかし櫻内は特に話を変えたいわけではなかったようで、淡々とした口調で答えを口にする。

「……そうか」

では今の『あなた』と言えというのは、単なる注意だったのかと、拍子抜けのような気持ちになっていた高沢を横目で見やり、櫻内がふっと笑う。

「お見送りのときには頼むぞ。『あなた』を」

「……っ」

この発言も本気なのか冗談なのかわからない。櫻内の意図は果たしてどこにあるのだろう。まさかとは思うが本当に『あなた』と呼べばいいだけということではなかろうなと、高沢が首を傾げているうちに控え室に到着する。

「あ、組長」

二人が部屋に入ると、むっつりとした顔で煙草を吸っていた早乙女がぎょっとしたように立ち上がり姿勢を正した。

「できるだけ急いでくれ」

「へ、へい！」

早乙女に指示を出すと櫻内は部屋を出ていった。そういえばなぜ、別々の部屋で着替えるのだろうと今更の疑問を覚えていた高沢を早乙女が急《せ》かしてくる。

「急ごうぜ。組長の着替えは早いからよ」

「どうして別々の部屋なんだ？」

早乙女が答えを知っているかはわからなかったが、一応聞いてみるか、と問いかける。

「ムラっときたらヤバいからじゃねえの？」

知らねえけど、という答えは高沢にはとても納得できないもので、あとで本人に聞いてみようと密かに心を決めたのだった。

式典の最後ということでタキシードを着用し、櫻内の控え室に向かう。

「行くか」

櫻内は既に着替えを終えており、煙草を吸っていたところだった。

「疲れたか」

立ち上がり、高沢の頬に手を添え尋ねてくる。

「……ああ」

さすがに疲れた、と頷いた高沢を見て櫻内が笑う。

「あと少しの辛抱だ」

「疲れたか？　その……あなたも」

どうせ呼ばれることになるだろうから、今のうちに慣れておこうと思ったこともあり、『あなた』をここで使ってみたのだが、それを聞いた櫻内の動きがぴた、と止まった。

「？」

「やはり『くる』な」

笑顔でそう告げた次の瞬間、高沢は唇を塞《ふさ》がれていた。

「……っ」

そのまま押し倒されそうになり、なんとか堪える。と、濃厚なキスとなりかけていたくちづけはそこで終わりを迎えた。

「……来賓の見送りが先だったな」

危ないところだったと、櫻内が笑う。冗談なのか本気なのか、今もわからない、と高沢は戸惑いながらも、手の甲で唾液《だえき》に濡《ぬ》れた唇を拭《ぬぐ》った。

「さあ、行こう」

「はい」

櫻内と共に広間へと向い、簡単な挨拶のあとは一本締めとなった。エントランスには既に手土産が用意されており、高沢は一人一人にずしりと重い紙袋を渡す役目を果たしていった。

内心ではどう思っているかは不明だが、表向きは皆、高沢に対して笑顔を向けてきた。

「そしたらまたな」

最後に八木沼を見送り、すべての行事が終わる。

「お疲れ様でした」

慣れない笑みを浮かべていたおかげで、高沢の頬は強張っていた。その顔のまま、周囲にいた組員たちに声をかけ、頭を下げる。

「組長、姐さん、お疲れ様です」

と、峰が奥から出てきて櫻内と高沢に慰労の言葉を告げる。

「今日はこちらにお泊まりとのことでしたよね。風呂の準備も整っていますし、控え室に軽い食事も用意しています」

「どうする、裕之」

櫻内が高沢に問うてくる。彼が目の端で峰を見やったことに高沢は気づいた。

「部屋で少し休もう」

櫻内の意図を予測し、そう告げる。

「峰」

と、櫻内は峰へと視線を戻し、声をかけた。

「はい」

「仕切り、ご苦労だった。お前も一杯どうだ？」

「ありがとうございます」

峰が安堵したように笑い、頭を下げる。そのまま三人で櫻内の控え室へと向い、中に入る。室内には峰の言ったとおり、酒や料理がテーブルに並んでいたが、グラスや食器は二揃えしか用意されていなかった。

「グラスを用意します」

峰がそう言い、部屋を出ようとする。

「俺は水でいい」

ミネラルウォーターのペットボトルもテーブル上にはあったため、高沢はそう言い、手を伸ばした。

「すぐ戻りますので」

しかし峰は頭を下げ、部屋を出ようとする。そんな彼の背に櫻内が声をかけた。

「無事に終わったな」

「はい。何事もなく終わってほっとしています」

櫻内に話しかけられては出ていくこともできなくなったらしく、峰が振り返り返事をする。

「座れ」

言いながら櫻内がソファに腰を下ろす。峰は戸惑った様子となったが、櫻内が目で己の正面のソファを示すと、その場所に座り、やはり目で示されたグラスを手に取った。

「来賓の満足も得られたようだ。お前に任せて正解だったな」

櫻内はテーブル上にあったワインボトルを手に取り、峰が自分の前に置いたグラスに注ぐ。

「あ、俺が」

そのまま櫻内が自分のグラスに注ごうとするのに、峰は慌てた様子となったが、櫻内は「いい」と彼の申し出を退けた。

「乾杯」

「乾杯」

櫻内に唱和し、峰がグラスを口へと運ぶ。

「ところで」

先に一口飲んだ櫻内が峰に声をかける。

「はい」

「お前はエスか?」

「……っ」

あまりにさらりと問われたその言葉に、息を呑んだのは峰ではなく高沢だった。峰はグラスを口につけたまま、固まっている。

「毒など仕込んではいない。俺も飲んだだろうが」

櫻内が笑う。愉悦の笑みとしか表現しえないその笑顔を前に、峰は固まったままでいた。

彼の顔色が青ざめていくのが目に見えてわかる。おそらく考えているのだ。認めるか否か。認めれば即、死を覚悟せねばなるまい。しかし認めなくとも目の前にあるのは死のみ。となれば。唾を嚥下《えんか》する音と共に峰の喉《のど》が震える。

「……私は……組に……組長に忠誠を誓ってきたつもりです」

言い逃れられると見込んだのだろうか。峰らしくない判断だと高沢は驚いて峰を見やった。彼の身体が細かく震えているのがわかる。声音は力なく、視線は俯いたままで告げられたその言葉にどれだけの説得力があるというのか。しかし、演技をすればその時点で櫻内を騙そうとしたとされると察しているからこそなのかもしれない。

櫻内の反応は、と高沢の視線が峰から櫻内へと移る。と、櫻内は高沢を見て、にこ、と優しく微笑み口を開いた。

「お前も何か言ってやれ」

「……何を……」

言えというのかと高沢は戸惑い、櫻内を見やった。峰が顔を上げたのがわかる。命乞《いのちご》いをするのかと高沢もまた峰を見る。峰もまた高沢を見返してきたが、彼の表情にある諦観に気づいたとき、自然と高沢の口からは言葉が零れていた。

「生きたいか？」

「…………」

意外な問いだったのか、峰は一瞬、ぽかんとした顔になった。緊張感がないその表情を見て、櫻内が笑う。

「当たり前のことを聞く」

「……まあ、そうか」

確かに、死にたいと答える人間はいまい、と高沢は自身の問いの愚かさに気づき、羞恥を覚えた。その顔を見てまた櫻内が微笑み、場にそぐわない柔らかな雰囲気が室内を包む。

が、それもほんの一瞬だった。

「生きたい……です」

峰が掠れた声でそう告げた瞬間、部屋の空気が凍《こお》り付く。

「どうすれば生き延びられると思う?」

緊迫感溢《あふ》れる空気を動かしたのは櫻内の、歌うような口調で告げられたその言葉だった。

「今更、『エスでないことを証明すれば』などという馬鹿げた答えは期待していないぞ」

峰が口を開くより前に、そう釘を刺した櫻内が、手を伸ばしてボトルを取り上げ、自分のグラスに注ぐ。峰は俯き、考え込んでいる様子だった。こめかみがぴくぴくと蠢《うごめ》き、額には脂汗が滲《にじ》んでいる。峰も馬鹿ではないので、今更、櫻内が言ったように惚《とぼ》けられるとは考えていないだろう。どういう答えが求められているのか必死で考えているに違いない。

警察を裏切ると言ったとしても、信頼に足る確証を示す必要がある。何をもってその確証とするのか、それを考えているのだろう。

それにしても、と高沢は、青ざめ、震える峰を前に、今まで彼と過ごした日々を思い起こしていた。

自分も警察を辞めてボディガードになった、よろしく、と明るく声をかけられたとき、高沢は正直驚いた。刑事の頃、峰とは顔見知りではあったものの、親しく言葉を交わしたことはなかったからだが、もともとフレンドリーな性格らしく、一気に距離を詰めてきたのだった、と思い出す。

あれもスパイ行為だったのかと、今更ながら高沢は感心していた。さすがとしかいいようがない。仲間としていつの間にか信頼していた。『チーム』のリーダーに就任したあとには、誰より頼りにしていたといっていい。

三室という共通の知人がいたこともあり、何かというと彼に相談してきたが、そうしたこともすべて、警察には筒抜けだったというのかと考える高沢の胸には虚《むな》しさが満ちていた。

自分にとって興味があるのは射撃だけと思っていた。友人と呼べる人間は今となっては一人もいない。だがこうして峰の裏切りを目の当《ま》たりにすると、自分にとって峰は特別といっていい人物だったのだと改めて認識する。

普通は怒りを覚えるのだろうか。怒りより虚しさを感じるのは、期待が薄かったからなのか。自分の心理を判別しかねていた高沢は、櫻内の声に一人はまり込んでいた思考の世界から呼び戻された。

「仕方がない。提案してやろう。夜は短いからな」

相変わらず櫻内は楽しげにすら見えた。しかし彼の黒曜石のごとき美しい瞳は少しも笑っていない。答え損ねれば即、死に繋がるとわかるのだろう。顔を上げた峰は一段と青ざめていた。そんな峰をたっぷりと数秒見つめたあと、櫻内が笑顔のまま、口を開く。

「神部を連れてこい。誰の指示で動いたのか俺の前で吐かせてみせろ」

「……っ」

峰が一瞬、大きく目を見開いた。高沢もまた息を呑み、櫻内を見やる。

「明日中にカタをつけろ」

「わ……わかりました」

峰は呆然としているようにも見えたが、短く答えると立ち上がった。

「峰」

そんな彼に櫻内が声をかける。

「……はい」

「期待しているぞ」

ニッと笑ってみせた櫻内を前に、峰は暫《しば》し固まっていた。が、間もなく我に返った様子となると、

「失礼します」

と一礼し、部屋を出ていった。

「いいのか？」

彼が櫻内の命を果たさず、そのまま逃走する可能性もあるのに、一人で行かせるとは、と高沢は戸惑いからつい、そう問いかけていた。

「逃げるのではないかって？」

高沢の言いたいことをすぐに察した櫻内が笑顔で問いかけてくる。

「ああ」

頷いたあと高沢は、そうだ、と立ち上がった。

「俺が見張る」

「必要ない。峰はきっと上手《うま》くやる。神部が消されない限りはな」

櫻内のこの余裕はどこから来るのか。ワイングラスに口をつける彼を見て高沢はやはり戸惑わずにはいられなかった。と、ノックと共にドアが開き、若い衆がワイングラスを手に入ってくる。

「失礼します。峰さんから、グラスを一客届けるようにと伝言がありまして」

「……っ」

峰が、と高沢は唖然とし、若い衆を見やってしまった。高沢が見つめる中、若い衆の顔が紅く染まっていく。

「ご苦労。置いていけ」

だが櫻内が声をかけると我に返った様子となり、慌てて「失礼します！」と頭を下げると逃げるようにして部屋を出ていった。

「どういうことだ？」

何がなんだか、と戸惑う高沢の前で櫻内はそのグラスにワインを注ぎながら、楽しげに言葉を発する。

「お前のグラスがないと気遣ったんだろう。さあ」

櫻内に差し出されたワイングラスを、高沢はまじまじと見やってしまった。

峰にそのような余裕があったようには見えなかった。彼は一体、何を思ってこの部屋を出ていったというのだろう。

「今日は慣れない愛想笑いで疲れただろう。さあ」

グラスを手に取ることを忘れていた高沢の前で、櫻内が身を乗り出し、グラスを手渡そうとしてくる。

既に峰に関する話は終わったということか。どうして終えることができるのかと高沢はグラスを受け取ることも忘れ、まじまじと櫻内を見つめてしまった。

「どうした」

櫻内が苦笑し、来い、というように顎をしゃくる。

「……いや……」

うまく説明できない。が、なぜか胸の中がもやもやする。このもやつきは一体なんなのか。疑問に思いながらも請われるがまま、高沢は櫻内の隣へと移動し、彼の手からワイングラスを受け取る。

「珍しい顔をしている。どうした？」

櫻内に問われ、自分がどういう顔をしているのかわからず高沢は首を傾げた。

「何を考えている？　峰か？」

続けて問われ、そうだ、と頷き口を開く。

「峰はエスなんだよな？」

「ああ」

「逆スパイにするとして、今後彼を信頼できる保証はどこにあるんだ？」

「保証？」

櫻内が意外そうに目を見開く。

「ああ。逆スパイになると嘘をつくとは思わないのか？　生き延びるために」

「お前は峰が裏切ると考えているんだな？」

逆に問われ、高沢は言葉に詰まった。

「そこまでは思っていない。だが、信用できるかは判断がつかない」

「お前が信じられないというのなら、殺してもいいぞ」

「……っ」

櫻内の言葉に高沢はぎょっとし、彼を見やった。

「処分はお前に任せる。信用できないなら殺すといい」

「……殺したいわけじゃない」

「でも信用できないんだろう？」

楽しげに笑いながら、櫻内が顔を近づけてくる。

「どうしてあなたは信頼できると思うんだ？」

逆に知りたい、と問い返した高沢の目の前、焦点が合わないほど近づいていた櫻内の顔が笑みに綻《ほころ》ぶ。

「普通に出るようになったな。『あなた』が」

「……あ……」

気づいていなかった、と唖然とした直後、話を逸らされては困ると問いを重ねる。

「峰を信じられるという根拠は？」

「奴が馬鹿じゃないからだ」

櫻内は実に楽しそうだった。高沢の胸の中のもやつきは彼が楽しげにすればするほど膨らんでくる。

「エスとバレた時点で奴の警察内での立場は終わる。任務は失敗したわけだからな。それに既に彼は警察を辞めた体となっている。エスは警察内でも極秘任務なんだろう？　ヤクザのボディガードだった彼が刑事に復帰できるわけがない」

「だが、逆スパイを演じながらエスの任務を続けることもできるはずだ」

「だから信用できなければ殺せばいいと言っているだろう？」

櫻内が少し呆れた口調になり、身体を離す。

「お前がそうも気にするのなら、やはり殺すか？」

「殺したいわけじゃない。ただ」

ただ――？　何を言うつもりだったのかと、戸惑いを覚えていた高沢の目の前で、櫻内が訝《いぶか》しげな顔で問いかけてくる。

「『ただ』？　どうした？」

「ただ……」

なぜ櫻内の峰への信頼は揺るがないのか。確かに峰は馬鹿ではない。逆スパイの要請も引き受けるだろう。しかし『馬鹿ではない』というだけでなぜ、櫻内はそうも彼を信頼するのか。そもそもなぜ、エスとわかっているのに生かしておくのか。

峰は確かに優秀だ。お披露目の行事も峰がいなければ立ちゆかなかっただろう。それだけ責任のある仕事を櫻内は峰に任せた。エスとわかっているのに、だ。

つまりは櫻内にとって峰は得がたい存在ということで——思考が進むにつれ、高沢の胸のもやつきは増大し、自然と口から言葉が零れる。

「……なぜ、あなたはそうも峰を信用するんだ」

櫻内が酷く驚いた顔になったことに違和感を覚え、今度は高沢が訝しさを覚え彼を見上げた。

何が彼を驚かせたのか。そういえばまた『あなた』と告げていたことに気づき、そのことか、と納得しかける。

が、正解はまるで別のところにあると、次の瞬間、高沢は知ることとなった。目の前で櫻内が破顔したかと思うと、手にしていたグラスを取り上げられ、そのままソファに押し倒されたのである。

「な……っ」

いきなりの行動に驚き、声を上げた高沢にのしかかってくる櫻内は、高沢が今まで見たことがないほど上機嫌で、何が起こっているのかと高沢はただただ戸惑うしかなかったのだが、嬉しげに笑いながら櫻内が告げた言葉を聞き、愕然としてしまったのだった。

「お前に嫉妬《しっと》される日がくるとはな。それだけでも峰には生かしておく価値がある」

「嫉妬？」

自分が？　峰に？　この感情は『嫉妬』なのか？

高沢は今まで、嫉妬という感情を抱いたことがなかった。それだけ他者に関する興味が薄いということであり、体感したことのない思いだったために、そうと察することができなかったのだった。

胸に溢れる黒いもやつきに『嫉妬』という名がつけられた瞬間、すべてが明確となった。そうだ。嫉妬だ。自分は峰を妬んだのだとわかり、高沢は更に呆然としてしまった。

「どうした？」

ぼんやりした顔となっていたからか、櫻内が笑いながら問うてくる。

「嫉妬……だったのか」

自分にそんな感情が湧くことが驚きだった。しかも相手は峰だ。峰が自分よりも優れているのは自明のことであるのになぜ今更、と戸惑っていた高沢は、目の前の櫻内の笑顔を見てようやくその理由を察した。

櫻内にとって峰が特別な存在だからだ。理解したと同時に高沢の頭にカッと血が上った。

「そんな顔をされたらもう、我慢できないな」

櫻内が笑いながら覆い被さってくる。

「疲れただろうから勘弁してやるつもりだったのに」

「よ……」

よせ、と言いかけた高沢の唇を櫻内の唇が塞ぐ。拒絶は本気ではなく、羞恥からだったが、獰猛《どうもう》なキスに侵されるうちに羞恥の念はあっという間に霧散し、高沢の両手は櫻内の背へと自らの意思で回っていた。

羞恥は去ったが、動揺は未だ、高沢の中にあった。その動揺を紛らわせたいという思いが、高沢をいつになく積極的にし、櫻内の背に回した手に力を込めて抱き寄せる。

自分とは無縁と思っていた嫉妬という感情への戸惑いはあった。が、自己嫌悪といった念は湧いて来ることはなかった。

櫻内の『特別』を妬ましく感じる。彼にとっての『特別』は何も峰だけではない。八木沼も青柳も特別な存在であろうに、なぜ、峰にだけ嫉妬をするのか。

いや——獰猛なキスを受けながら高沢はそんな己の考えを否定した。

峰だけではない。八木沼のことも羨んだ。青柳もだ。しかし二人は櫻内の信頼に足る人物である。峰は櫻内を、組を裏切っているのに尚、櫻内からの圧倒的な信頼を感じるから、妬ましさが募るのだ。

妬ましいという負の感情は、高沢にとっては新鮮なものだった。抱いていて気持ちのいいものではない。しかし目を背けることはできない。この感情とこれから先、向き合っていかねばならないのかと溜め息を漏らしそうになったと同時に櫻内がキスを中断し、身体を起こそうとしたものだから、高沢ははっと我に返り、彼を見上げた。

「やはり疲れているのか？　気もそぞろだな」

やめるか、と尚も身体を起こそうとする櫻内の背を、気づいたときには高沢は強く抱き寄せ、引き留めてしまっていた。それを受けて櫻内がふっと笑い、再び覆い被さってくる。

多分、このリアクションを予想していたのだ。またも羞恥を覚えかけたが、高沢の胸には安堵としか表現し得ない感情が湧き起こり、再び始まる濃厚なキスに身を委《ゆだ》ねていった。

櫻内の指先が器用にタイを解き、高沢からタキシードを剝ぎ取っていく。カマーバンドを嵌めるとき、早乙女は苦労していたように感じたが、櫻内はこともなく脱がせてくれ、スラックスも下着ごと脚から引き抜いた。

煌々《こうこう》とした照明の下、あっという間に全裸にされたことに羞恥を覚える間もなく、櫻内が胸に顔を埋めてくる。

「あ……っ……あぁ……っ……あっ……あっあっ」

疲労を覚えていたはずだった。が、体内は欲望の焔《ほむら》で熱く滾《たぎ》っている。櫻内の唇が、指先が肌に触れるにつれその焔は高く燃え上がり、高沢の肌を内側から熱していった。

「ああ……っ……んん……っ……んふ……っ」

乳首を嚙まれ、背が大きく仰け反る。鼓動は早鐘のように打ち、早くも意識が朦朧としてくる。

自然と腰が捩れ、勃ちかけた雄が櫻内のスラックスで擦れる。まだ櫻内は服を脱いでもいないというのに、と我に返りかえた高沢は、身体を起こした彼に両脚を抱え上げられ、はっとして彼を見上げた。

「や……っ」

露わにした恥部を押し広げるようにし、櫻内がそこに顔を埋めてくる。指で、舌で後ろを抉られる刺激に、内壁が更なる侵入を求め、激しくひくついては高沢をたまらない気持ちにさせていく。

「はやく……っ……あぁ……っ……はやく……っ」

甘えるような声音を自分が出していることにもし高沢が気づいたとしたら、愕然としたあと頭を抱えたくなったに違いない。欲情に溺《おぼ》れ我を忘れた彼のそんな声に櫻内は満足そうに微笑むと、再び身体を起こし、ファスナーの間から取り出した彼の逞《たくま》しい雄の先端を、ひくひくと蠢くそこへと宛てがった。

「あぁ……っ」

待ち侘びていたものの感触を得て、高沢もまた満足げに微笑む。彼の笑みに魅了され、櫻内の動きは一瞬止まったが、もどかしげに腰を捩る高沢の動作で我に返ったようで、苦笑したあと、一気に腰を進めてきた。

「あーっ」

奥底まで貫かれ、高沢の背が大きく仰け反る。太く逞しいだけでなく、櫻内の雄には特徴があった。いわゆる『真珠』といわれるシリコンの球体が埋め込まれているのである。ボコボコとした竿《さお》の形態は、見た目グロテスクではあるものの、その竿で中を抉られ、かき回されるときに得る快感は極上で、高沢をあっという間に快楽の頂点へと導いていく。

「あぁ……っ……もう……っ……もう……っ……いく……っ……あーっ」

脳が沸騰するような熱に冒され、意識は既にないような状態だった。喘ぎすぎて嗄《か》れた喉からあられもない声が放たれ、いやいやをするように激しく首を振るその眉間には、くっきりと縦皺が寄っている。

呼吸が追いつかず、息苦しさを覚えていることもあるが、すぎるほどの快感が恐怖の念を呼び起こしたためでもあった。

絶頂に次ぐ絶頂の果てに何が待ち受けているのか、知るのが怖い。幼い子供が死を恐れるような気持ちに陥っている高沢の表情もまた子供のようにあどけなく、櫻内の欲情をこの上なく駆り立てるものとなっているのだが、当然ながら本人にその自覚はなかった。

「もう……っ……あぁ……っ……もう……っ」

怖い、と気づかぬうちに櫻内の背にしがみつく。必死になるあまり爪《つめ》を立てた、その痛みに櫻内は瞬時眉を顰めたのだが、いつしか目を閉じていた高沢がその顔を見ることもなかった。

仕方がないというように櫻内が苦笑した、艶《あで》やかなその美貌も彼の目には入らない。彼が再び目を開いたのは、櫻内が抱えていた片脚を離し、その手で雄を扱き上げてくれた、そのあとだった。

「アーッ」

直接的な刺激を受け、高沢がようやく達する。白濁した液を放ったあと、ほぼ同時に己の中で達した櫻内の精液の重さを感じ、ああ、と息を吐き出した高沢の瞼《まぶた》がゆっくりと上がる。

「大丈夫か」

なかなか息が整わないことを案じてくれたらしい櫻内が、笑顔でそう問いかけてくる。美しいこの笑みは、自分だけのものだと考えていいのだろうか——高沢の胸に、今まで彼とは無縁の欲求であった『独占欲』が芽生えていた。

もう一つの比翼

「聞きましたえ。高沢《たかざわ》さんのお披露目、決まったそうやないの」

「おう、さすが志津乃《しづの》や。耳が早いな」

ここは八木沼《やぎぬま》の『姐《あね》さん』的存在である志津乃の、おばんざいを提供する小料理屋。カウンター越しに、なぜ教えてくれなかったのかと恨みがましい視線を浴びせてくる彼女を前に、八木沼が感心してみせる。

「そらもう、蛇の道はヘビ」

「はは。呉服屋からの情報やないか？　お披露目用に作らせとるさかい」

「あたりどす」

八木沼にすぐ情報源を見抜かれたことを不満に思ったらしく、志津乃は口を尖らせたが、すぐに、

「お披露目はどないな感じで開催しますのん？」

と身を乗り出し問うてきた。

「高沢君は射撃の名手やさかいな。射撃練習場でパフォーマンスをするそうや」

「射撃！　意外やわ。紋付き袴で正座して……いうんやないのね」

「組長襲名みたいな、しきたりやら決めごとやらがあるわけやないからな」

八木沼が言いながらにやりと笑う。

「櫻内《さくらうち》組長の愛やな。高沢君がもっとも輝く姿を見せびらかしたいんやろ」

「あら、ごちそうさま」

志津乃もまた笑ったあと、

「にしても」

と少し小首を傾《かし》げるようにして話し出す。

「櫻内組長は嫉妬深いいう話やなかった？」

「そのとおり」

八木沼が頷き、どうしてその問いを？　と志津乃を見る。

「輝いている高沢さんのファンを増やすことになってもええんかしら？」

「そこは葛藤がありそうやな」

苦笑する八木沼に志津乃が問う。

「そもそもなんでお披露目を？」

「ああ、そら……」

と、答えようとした八木沼が、ここで言葉を途切れさせる。と、それを見て志津乃もまた
「あら」と何かを思いついた顔になり、口を開いた。

「嫌みで聞いたわけやないのよ。誤解せんといてな」

「わかってるて」

頷く八木沼に志津乃が淡々とした口調で言葉を続ける。

「姐さんいうたら組長の妻が普通なるもんやけど、高沢さんは戸籍上、『妻』にはなれへんからお披露目が必要……なんやろ？」

「ワシらもやるか、櫻内組長の真似して」

八木沼が告げるのを志津乃は、

「いらんわ」

と笑い飛ばした。

「ウチに婦人会を仕切らせてくれとるやないの。それで充分やわ」

物腰や口調は柔らかいが、豪胆さが垣間見える。そんな志津乃と八木沼もまた籍を入れていない。八木沼は妻と死別しており、亡き妻への思い入れから再婚はしていない。よって岡《おか》村《むら》組には現在『姐さん』は不在であるのだが、志津乃が実質上、姐さんの役割を果たし、組を陰ながら支えている。

志津乃の言葉どおり、『妻』ではない彼女が『姐さん』としての役割を果たすのに支障が出ないよう、八木沼は『婦人会』の仕切りを彼女に任せた。しかし自分もまた彼女のために『お披露目』をやるべきだったかと、心優しい日本一の極道は今、後悔に身を焼かれていた。

「あほらし。ウチが拗ねてるみたいな流れになってもうたやないの」

「かんにんやで」

腹立つわ、と志津乃がふざけて怒ったふりをするのに、罪悪感を覚えはしたものの、これ以上の謝罪は逆に彼女を傷つけるとわかっていたので、八木沼は話題を高沢のお披露目に戻した。

「祝いの品を何にしようか、悩んどるんやがええアイデア、ないか？」

「銃がええんやない？　高沢さんが一番喜びそうやし」

すぐさま候補を挙げてくる志津乃を前に、八木沼は、さすがに聡いと満足しつつも、実は、とそれを実行しかねている理由を説明した。

「高沢君がえらい思い入れを持っとる『恩師』がこないだ亡くなってな。形見分けに彼の銃を渡すことになっとるんや」

「まあ。そらかないませんねえ」

うーん、と志津乃が考え出す。

「射撃以外に、高沢さんがお好きなことはありませんの？　コスプレ？」

「いや、コスプレはワシの趣味や」

「そないなことやないかと思ったわ」

と、そんな話から、式典で着てもらえたら嬉しい、と、大量の衣装をひとまず『祝いの品』

とする流れとなった。

「チャイナとか、似合いそうやない？」

「ああ、ええな。チャイナドレスはさすがに式典では着られへんやろか」

「チャイナドレスは櫻内さんのほうが似合いそうやね」

「ほんま、見てみたいわ」

「せや。この間の宙《そら》組公演のショーの衣装がめっちゃ素敵やったんよ。今、スチール持ってくるわ」

楽しげな様子でカウンター内から奥へと引っ込む志津乃を「楽しみやな」と見送る八木沼の胸に、彼女への罪悪感がじわりと広がっていく。

誰より心を許した女ではある。組員の気持ちを掌握するだけでなく二次団体三次団体の結束を陰ながら支えてくれていることもよくわかっている。

『姐さん』としての役割を果たしてくれているというのに、その名称を与えないことに関して、周囲から苦言が聞こえてくることはあるが、彼女本人からは一言の文句も言われたことがない。

浮気を疑われ嫉妬されたことはないとはいわない。だが妻になりたいという言葉は聞いたことがなかった。

それが志津乃の優しさということもわかっている。わかった上で甘え続けるのは男としてどうかと思わなくもない。

しかし――。

いつしか思考の世界に入り込んでいた八木沼は、

「お待たせ」

といつの間にか戻ってきた志津乃の声に我に返った。

「ほんま、楽しいわ。写真、頼みますえ。婦人会で回覧するよって」

「任せとき」

またも彼女に甘えてしまっている。しかしその笑顔も、楽しげな様子も、演技には見えないことが救いだ、と八木沼は密かに溜《た》め息《いき》を漏らす。

「忘れんといてや」

にっこり、と志津乃が微笑《ほほえ》む。またしょうもないことを考えて、とでも考えているのだろうと八木沼は苦笑しつつ、今はこの賢い女の好意に甘えさせてもらおうと心の中で呟いたのだった。


『兄貴のお心遣いに感謝します』

志津乃と二人であれこれと選んでいるうちに、二トントラック一台分の量となった衣装が届いたとのことで、櫻内から八木沼に謝礼の電話があった。

『ウチのも驚いていましたよ』

「志津乃と二人で楽しく選ばせてもろたわ。ああ、勿論、あんたが衣装を用意しとるんやったら、別に気ぃつかわんでええからな。何せ、あんたの最愛の『姐さん』のお披露目やさかい」

遠慮なく、思うとおりにしてほしいと続けた八木沼に、櫻内が、

『着させてもらいますよ、勿論《もちろん》』

と笑顔で返す。

『さすがに全部というわけにはいきませんが』

「お色直しのしすぎで新郎新婦が席にいる暇がないいう、昭和の披露宴をさせる気はないさかい」

『昭和の披露宴……兄貴の望みならやりますよ』

「やらんでええて。そのかわり、写真は見せてほしいけどな」

『前撮りというやつですか』

「披露宴から離れてええて」

ひとしきり冗談を言い合ったあと、櫻内が八木沼に告げる。

す。

『志津乃さんにもよろしくお伝えください』

「写真は志津乃も楽しみにしとるさかい、頼むで」

八木沼の返しに櫻内が『わかりました』と答えたあとに、思いの籠《こ》もった口調で言葉を足

『兄貴と志津乃さんは我々の見本です。是非四人で食事でもいかがです？』

「ええな。志津乃も喜ぶ思うわ。ああ、せや。そのときの服は志津乃イチオシの宝塚の衣装で来てもらえへんかな？」

せめて彼女を喜ばせたい。しかしこれは櫻内と高沢には関係のないことである。付き合わせるのは悪いかと思い直し、発言の訂正をしようとするより前に、櫻内が口を開く。

『勿論。その際には俺がお二人のために選んだ衣装をご着用いただけると嬉しいですね』

「そら、楽しみや」

きっと志津乃も喜ぶに違いない。それを見抜いた上で提案してきた櫻内の慧眼に改めて感心しつつ、感謝の念を込めて八木沼は頼もしい弟分に「おおきに」と礼を言ったのだった。

比翼のたくらみ〜コミックバージョン〜
原案：愁堂れな
作画：角田 緑
素敵！
こういうの着てみたかったのやわあ
志津乃さんの好みに寄せました
さすがやわ ようわかってはる
見てみて高沢くん！
撮ります
まさか自分がタイツをはく日が来るとは思うてなかったわ
たは〜
今までさんざん我々に送ってきたじゃないですか
はあ…
もう思い残すことはあらしません

おおきに
櫻内さん
ニッ
おや
「風共」や「エリザ」はよろしいんですか
えっ
ガバッ
着てみたいし
見てみたいわ!!
この人のコスプレを!
うおっ
ズラ〜
持参しています

まぁ♡
まぁ
まぁ♡
え えらい準備がええやないか
なに 兄貴にも是非
我々の気持ちを味わってもらえればと
はかったな…!
ひくっ
ニュー
↑楽しくなってきている

その顔はやめろ
な!?
END

あとがき

　はじめまして&こんにちは。愁堂れなです。この度はルチル文庫様からの記念すべき（自分で言うのは恥ずかしいですが・笑）一〇〇冊目！　となりました『比翼のたくらみ』をお手に取ってくださり、誠にありがとうございました。

　皆様のおかげで、一レーベル様から一〇〇冊もの本を出していただくことができました。発行してくださいましたルチル文庫様にも心より御礼申し上げます。これからも初心を忘れず、皆様に少しでも楽しんでいただける作品を目指して精進して参ります。不束者ではありますが何卒宜しくお願い申し上げます。

　さてこの『たくらみシリーズ』も四シーズン目、早十一冊目を迎えることとなりました。皆様に愛していただけて本当に嬉しいです。射撃にしか興味を持てない高沢にもようやく変化の兆しが見えてきた今日この頃（笑）、美貌の極道、櫻内の寵愛にも磨きがかかってきた？のではないかと思う本編、お楽しみいただけましたでしょうか。

　よろしかったらどうぞご感想をお寄せくださいね。心よりお待ちしています！

　イラストの角田緑先生、今回も本当に本当に!!　萌え萌えの二人を（他のキャラも！）ありがとうございました。組長はますます素敵に、高沢はますます可愛くなってきて、眼福の嵐でした！　今回もおまけ漫画をありがとうございます！　宝塚風ドレス（たくさんすみません……・汗）の豪華さに、担当様とテンションあがりまくってました。オチも本当に素敵で……！　記念すべき（また言ってしまった）一〇〇冊目を先生と一緒に迎えられて本当に嬉しかったです。これからもどうぞ宜しくお願い申し上げます！

また、一〇〇冊目の本書でも大変お世話になりました担当様をはじめ、刊行に携わってくださいましたすべての皆様に、この場をお借りいたしまして心より御礼申し上げます。

最後に何より本書をお手に取ってくださいました皆様に、改めまして御礼申し上げます。

繰り返しになりますが、こうしてルチル文庫様からの一〇〇冊目を迎えることができましたのも、いつも応援してくださる皆様のおかげです。本当にありがとうございます！

たくらみの四シーズンもいよいよ佳境となりました。クライマックス目指して頑張りますね。刊行は来冬の予定です。

次のルチル文庫は書き下ろしの新作となります。華やかなお話にしようと思っていますのでこちらもよろしかったらどうぞお手に取ってみてくださいね。

また皆様にお目にかかれますことを切にお祈りしてます。

令和五年二月吉日

愁堂れな

✦初出　比翼のたくらみ……………書き下ろし
もう一つの比翼……………書き下ろし
コミックバージョン………描き下ろし

愁堂れな先生、角田緑先生へのお便り、本作品に関するご意見、ご感想などは
〒151-0051 東京都渋谷区千駄ヶ谷 4-9-7
幻冬舎コミックス　ルチル文庫「比翼のたくらみ」係まで。

幻冬舎ルチル文庫

比翼のたくらみ

2023年3月20日　第1刷発行

✦著者	愁堂れな　しゅうどう れな
✦発行人	石原正康
✦発行元	株式会社 幻冬舎コミックス 〒151-0051 東京都渋谷区千駄ヶ谷 4-9-7 電話 03(5411)6431［編集］
✦発売元	株式会社 幻冬舎 〒151-0051 東京都渋谷区千駄ヶ谷 4-9-7 電話 03(5411)6222［営業］ 振替 00120-8-767643
✦印刷・製本所	中央精版印刷株式会社

✦検印廃止

ISBN978-4-344-85195-5　C0193　Printed in Japan